Ⓢ新潮新書

中森明夫
NAKAMORI Akio

寂しさの力

611

新潮社

まえがき

人間のもっとも強い力は何だろう?

さみしさの力だ。

ある日、そんな考えが浮かびました。

さみしさは、ネガティブな感情だと思われています。できれば、あまり味わいたくないものだと。

だけど、どうでしょう。まったく反対に考えてみたら?

人は、さみしい。みんな、さみしい。この世に、さみしくない人なんていない。

さみしいから、人間なんだ。

人間の本質は、さみしさであって、そこに根源的なパワーが宿っているはずです。

たとえば、愛がないから、さみしいと言う。まったく逆です。人間のさみしい心が、「愛」を作り出したんじゃないですか？

人は、さみしいから、手を差し伸ばす。誰かの手を握ろうとする。自分の存在を知らせ、必死で想いを伝える。

そこから手紙が生まれました。電話や、ラジオや、インターネットや、様々なメディアが発明された。人は、さみしくなければ、つながろうとは思わない。さみしさの力が、たくさんの通信手段を作ったのでしょう。

いや、パーティーを開いたり、お祭りや、ゲームや、遊園地や、この世のあらゆるエンターテインメントを作ったのも、さみしさの力に違いありません。

人は、さみしいから、その反対に楽しいもの、にぎやかなものを求めたんだと。

人間を他の生物と分けるのは、知能だという。前頭葉が発達して、道具を使い、環境を支配しました。

その根源にあるのは、さみしさの力じゃないか。

人間は一人では生きていけない。個体としては弱く、もろいものです。ケモノのように鋭い牙もなければ、運動能力もたいしたことはない。鳥のように空も飛べません。

さみしさの力が、人を結びつけた。群れとして生きて、やがて村や、都市や、国家を作りました。他の動物を制圧して、翼もないのに、飛行機で空を飛んだ。遂にはロケットで宇宙へと飛び出してゆく——。

話が大きくなりました。けれど、人類がこれほど進化したその一番最初には、さみしさの力があったのだ、と私は信じています。

人はなぜ、さみしいのか？

それは生まれてきたからでしょう。

誰もが一人で生まれて、一人で死んでゆくしかない。生きるとは、さみしさを受け入れることです。

さみしさを肯定することです。

さみしい人ほど、より生きている。私は、そう思います。

今、あなたは、さみしいですか？

もし、そう感じたら、何も悲観することはありません。
さみしくても、大丈夫――ではない。
さみしいから、大丈夫。
さみしかったら、チャンス！　です。
あなたは、すごい力を持っている。
さみしさの力――その無限の可能性を秘めたパワーに満たされているのだから。

寂しさの力●目次

目次

第二章　さみしさの偉人たち　64

第三章　芸能界は、さみしさの王国　122

序章　人はなぜ泣きながら生まれるのか？

一番最初の光景

人は泣きながら生まれてきた。

案外、それは重要なことではないですか。

だけど、なぜ泣いたんだろう？

母親のお腹の中にいれば安心だ。すべて栄養を与えられるし、子宮がやさしく自分を包んで護ってくれる。いつも安らいでいられる。ぐっすりと気持ちよく眠っていられる。

まだ自我に目覚めていない。世界と自分の区別がつかず、混沌としている。

大いなるものと一体となっている。

素晴らしい全能感。

すべて満たされた王様のような気分で、心地よい夢をずっと見ている。

そんな感じでしょうか。

ところが、この世に生まれた瞬間、それは終わる。突然、叩き起こされる。母親のお腹からむりやり引き離される。未熟な体のまま、たった一人でこの世界に放り出される。

なんてひどい苦痛でしょう。

冬、あったかいふとんの中で気持ちよく眠っていたら、突然、叩き起こされ、冷水を浴びせかけられたようなもの。

そりゃ、泣いて当然ですね。

人は母親のお腹の中にいた時がもっとも幸福だったに違いない。自分の世界に王様として君臨し、ずっと気持ちよく眠っていられたんだもの。そこから叩き出されるのは、恐ろしいほどの苦痛だったことでしょう。

人はもっともひどい苦痛を与えられてこの世に生まれてきた。

もう、心地よく眠っていられない。大いなるものに抱かれていない。安心できない。

全能の王の座を追放され、無力な未熟児として寒空に放り出される。

たった一人でこの世界で生きていかなければならない。

なんという喪失感。心細さ。

つまり、それは――。

さみしいということです。

人は生まれてきた時、さみしかった。

だから泣いた。

号泣した。泣き叫んだ。

人間の一番最初の感情。

それは、さみしいということ。

いわば、さみしさを魂に刻印されて誰もがこの世に生まれてきたのだと。

ところが、どうでしょう。

周りを見渡してみると。

生まれたばかりの赤ん坊を取り囲んで、母親が、父親が、医師が、看護婦が、産婆さんが、みんな笑っている。喜んでいる。

おめでとう！　よかった、よかった。元気な赤ちゃんですよ。ほら、こんなに泣いて……。

ニコニコ笑いながら、みな声を弾ませている。祝福している。

生まれてきた当人は苦しくて、さみしくて、泣き叫んでいるのに。

あなたも私も、経験したはずです。すっかり忘れてしまっているけれど。きっと誰もがこんな光景を目にして、誕生しました。

つまり、こういうことです。

人は、「さみしさ」を祝福されて生まれてきた。

「さみしさ」を受け入れてこの世界で生きてゆくしかない。

泣きながら、そう知らされた。

これが、一番最初の光景です。

まさか自分が「さみしい」なんて

いつしか私も五十歳を超えていました。

正直、ちょっと驚いています。

「人生、五十年」と言われた昔なら、もはや晩年。終局の頃――。

いやはや、まったくそんな実感がない。

平均寿命が飛躍的に長くなり、超高齢化社会ともいわれるこの国で、五十歳はもはや老いを意識する年齢ではない。

そういうことでしょうか。

それでも、おや？　と思うことがありました。

四十代も後半にさしかかる頃だったかな。妙にため息をつくことが多くなった。

別段、大した理由があるわけではない。

気がつくと、あ～あ、とため息をついているんです。

仕事の合間に、ちょっと出かけた折などに、あるいは日常のほんのつかの間、ふとため息をついている。

なんだろう、これは？

心のどこかに隙間のようなものがあって、スースーする。

胸にポッカリと穴があいたようで、気が抜けるというのか、なんだか頼りない感じ。
昨今、大流行らしい「鬱《うつ》」といった、決してそんな大げさなものじゃない。
ちょっとした虚脱感。欠落感、漠然とした不安のようなもの。
そう形容したほうが近いかもしれない。
ある時、ふと気がつきました。
ああ、俺はもしかして……。
さみしいんじゃないか？
愕然としました。
青天の霹靂《へきれき》と言っていいでしょう。
そんなバカな！
まさか、この俺がさみしいなんて⁉
思わず、叫びそうになった。だって、そんなこと一度も考えたことがなかったから。
「さみしさ」という感情など、およそ自分とは無縁なものと信じていました。
思えば、私は独り身です。

この歳になるまで、ずっとそう。

妻も子供もいない。結婚したことも、同棲したことも、一度もありません。

十代で上京してから、一人暮らしをもう三十年以上も続けています。

そりゃ、最初のうちはさみしかったのかもしれない。けれど、すぐに慣れてしまった。

そんな感情は、もはやとっくに忘れてしまいました。

アパートやマンションの部屋に帰って、灯りが消えていると、かえってホッとする。

そう思うこともしばしば。いや、それが本音です。

客観的に見れば、自分の境遇が随分とさみしいものと言ってもおかしくはない。

五十代の独り者なんて、さみしくて当然です。

ところが普段はまったくそんなことは考えない。気ままな都会の一人暮らし。夜中にコンビニやファミレス、呑み屋だっていっぱい開いている。

気持ちが落ち込んだり、ストレスがたまったりすれば、友人を呼び出して酒を呑み、語り明かす。

クリスマスや正月、花見の季節といった家族ですごす行事の頃は、親しい仲間たちと集まってパーッとやる。

たいていそれで気が晴れてしまいます。

何より四十代、五十代の独り者が、今ではそう珍しくない。これは都会の利点かもしれないけど、それをおかしな目で見る者など誰もいない。

正直、独り身だからさみしいとか、不自由だとかいった感情は、まったくわきません。

逆に言えば、家庭を持つと、さみしさから逃れられるのでしょうか？

孤独とさみしさは違う

同年輩の友人と酒を呑んで語った時のことです。

「あのさ、俺、さみしいから結婚したんだよね」

彼は言いました。

「そしたら、どうなったと思う？」

「どうなったの？」と訊くと、ニヤリと彼は笑いました。

「結婚したら……二倍さみしくなった」

友人はその後、離婚しました。

孤独とさみしさは違う。

私はそう考えるようになりました。

孤独だけれどさみしくない人もいれば、大勢の人に囲まれていてもさみしくてたまらない人だっている。

実際、私は一人でいる時より、にぎやかなパーティー会場にいる時のほうが、ずっとさみしくなります。

さみしさの逆説です。

さみしさって相当にクセ者なんですよ。

フトコロがさみしいと言う。貧しい人のほうがよりさみしく思える。

お金持ちは何でも買えて、満たされている。恋人や友人、ビジネスパートナーなど大勢の人が周囲に集まってもくる。

ところが、ある日、ふと気づく。

よく考えたら、そんな関係は「お金で買っている」ようなものではないか？

なんてさみしいことだろう。

お金持ちというのが、実はとてもさみしいものであると思い知らされる。お金があればあるほど、満たされない想いは果てしなく肥大化してゆく。むしろ貧しくても、孤独でも、まっすぐ前を向いて生きている人は、さみしくない。なんとも皮肉なことです。

誰も「さみしい」とは言わない

だんだんわかってきました。

さみしさはネガティブな感情だと思われています。

いや、人はそもそもさみしさについてあまり考えたりしない。

喜びや、悲しみや、怒りや、憧れや、失望や、といった感情については、たくさん考えたり、語ったりするのに。

うれしかった。悲しかった。むかついた。すごいよね。うらやましい。がっかりした。そんな言葉はいつも耳にしています。

　ところが、「さみしい」は、ほとんど聞きません。

　よく考えてみてください。

　たとえば、あなたは誰かに「さみしい」と告げたことがありますか？

　よっぽど親しい相手、たとえば恋人などに二人きりで、あるいは深夜の電話などでポツリと口にすることがあるか、どうか。

　それもたいていは女性です。

　男が、「さみしい」と口に出して言うことはめったにない。

　少なくとも私自身が誰かに言った記憶はありません。

　なぜでしょう？

　「さみしい」とは、実はとても恥ずかしいことなんですね。

　大の男が人前で「さみしい」と口にしたりするのは、なんとも女々しく、情けなく、恥ずべきことだと思われている。

　女性にしたってそうだ。「さみしい人」と言われるのは、ひどく屈辱的なことでしょう。

人は自分のさみしさを認めたくないんです。

「さみしい」と口に出して、軽蔑されたり、イタい奴、恥ずかしい奴と思われたり、何より哀れまれたりすることを、とても恐れている。

誰も「さみしい」と口に出して言わないから、自分も言わない。言えない。

そんなことしたら大変なことになる。

惨めで、哀れで、みっともない奴と思われてしまう。仲間はずれになる。

そしたら、もっとさみしくなる。

〝さみしさのスパイラル〟に落ち込む。

それで誰にも言わず、心の中に押し隠す。

じっとさみしさを閉じ込めてしまう。

嫌なもの、見たくないものを引き出しの奥に突っ込んで、しまい込むように。

ひたすら忘れようとする。

そのうち自分をだますようになる。

私はさみしくない。

全然、さみしくなんかないんだ！

こんなプロセスでしょうか？　大方の人の「さみしさ」という感情とのつきあい方というのは。

俺は、さみしい！

そうなんです。

他でもない私自身のことを考えてみたんですよ。

自分はさみしさとは無縁の男だと思っていた。ずっとそう信じ込んできた。

だけど、違う。どうやら、違う。

ただ、その感情を押し殺して、心の奥底にしまい込み、決して見ないようにしていただけ。

いつしかそんな状態に慣れきってしまった。

自分はさみしくなんかないんだ！　そう思い込んでいた。

ところが、決して心の奥底のさみしさはなくなったわけではない。

いや、むしろどんどんたまっていくばかり。永い年月のあいだ、感情を突っ込んでおいた〝さみしさの引き出し〟はパンパンにふくれ上がっていた。そうして、やがて遂には、あふれ出してしまった。

それが真相ではないか？

五十歳という年齢が近づいて、やたら自分がため息をつくようになったその原因に、ようやく思いあたったような気がします。

心の隙間だとか、虚脱感・欠落感だとか、そんなこむずかしいことを考える必要などない。

いっそ、あっさりと認めてしまえばいい。

そう。

俺は……さみしい。

さみしい、さみしい！

さみしくて、さみしくて、たまらない。

すると、どうでしょう。

そう口に出した瞬間、劇的な変化が私自身の心に到来したのでした。
鳥肌が立ち、身がふるえた。
涙がこぼれた。
気がついたら、私は大泣きしていました。
その瞬間から、自分は生まれ変わった気がしたのです。

第一章　悲しさは一瞬、さみしさは永遠

さみしさの原因

ある時、ふと気がつきました。

五十歳という年齢についてです。

ああ、そうか、オヤジのことじゃないかな……。

私の父は五十代の半ばで亡くなりました。

正直、今では父親のことを思い出すこともほとんどありません。亡くなったのは、もう三十数年も昔の話ですから。

ちょうど私が二十歳になる頃でした。

気がついたというのは、こういうことです。

「ああ、俺もオヤジが死んだ歳に近づいているんだな……」

思いもよらない感慨でした。

そうして、あっ！　と思ったんです。

五十歳を迎えて、突然、私がさみしさに襲われたのは、そのことが原因の一つだったんじゃないか？

私のさみしさの根幹には、どうやら父の死がある。

本当に久しぶりにオヤジのことを思い出してみようと思いました。


私の父は大正の終わりに、三重県の小さな漁師町で生まれました。

尋常高等小学校を出て、兵役に就き、戦地に赴くことなく上等兵で終戦を迎えた。

同じく尋常小学校出の母と、顔もみることのない縁談で結ばれたと言います。

まもなく娘と息子をもうけました。

二男坊の父は元手もなく、母と二人でリヤカーを引っ張るような貧しい生活から小さな酒屋を開きました。

昭和三十年代に入ると、高度成長を迎えて、レジャー産業が盛んになり、人々は国内旅行を楽しむようになります。小さな漁師町はちょっとした観光地へと変化しました。旅館や民宿が次々と建ち、そこに酒を卸す地元の酒屋にも大きな利益をもたらします。店は繁盛し、店舗を拡大して従業員を何人も雇うようになりました。

昭和三十年代半ば、私は生まれました。

姉から八歳下、兄から五歳下の末っ子です。

「本当は産むつもりやなかったんや」と母は言います。

当時、うちの酒屋は多忙をきわめ、共働きの母にはとてももう一人、子供を産み育てる余裕などなかったのだ、と。

どうやら懐妊は予想外だったようです。

ところが母の体調がおもわしくなく、医師が「子供を産めば、体質が変わって、よくなるかもしれない」と進言したのだとか。

おかげで私はこの世に生まれることができました。

医師の進言どおり母の体調はすっかり快復します。

「私の悪い部分は、みんなあんたになって出ていってしもうた」

母は笑いながらよく私にそう言いました。

物心ついた頃の私の記憶は、いつも周囲の大人たちが忙しく立ち働いていたというものです。

父に遊んでもらったという思い出が、ほとんどありません。

酒屋の仕事に忙しかったというだけでなく、父は子供に対するのが苦手だったように思います。

幼少期の瀕死体験

小学校二年生の時でした。

急に体調が悪くなり、学校帰りに私は道端で吐いてしまいました。ふらふらとした足取りで帰宅すると、ひどい発熱状態です。

父は私をおぶって行きつけの町医者へと駆けつけました。

その時のオヤジの背中の感触を今でも私ははっきりと憶えています。

「風邪でしょう」という診断で、注射をされ、薬をもらって帰りました。

ところが、いっこうに容態はよくなりません。何を食べても吐いてしまうし、発熱はまったく収まらない。

父は仕事の合間に病床に現れ、タオルを洗面器の水に浸してよく絞り、私の額に乗っけました。

ひんやりしました。

ぼうっとした頭で私は、心配そうにこちらを覗き込む父の顔を見ていました。

一週間がたち、二週間がたちます。

ずっと私は寝たきりでした。まったく快復しません。

遂には吐き気止めの薬すら吐いてしまい、ポロポロと涙を流しながら苦い黄色い胃液を吐き出しました。

どんどん私は衰弱していきました。

担任の教師と学級委員が見舞いに訪れ、〈はやくよくなって学校へこいよ!〉〈病気に負けるな!〉等々とクラスメイトが表紙に寄せ書きした文集をもらいました。

ああ、もう俺は死ぬんじゃないか⁉

朦朧《もうろう》とした意識でそう思いました。

ある日、父は病床に立って「どうなっとるんや！」と怒鳴りました。

血相を変えて、こぶしを握り締め、身をぶるぶるとふるわせて、私をにらみつけています。これほど恐い父の顔は見たことありません。

「こんな病気、なんでもない。アホ！　おまえがいつまでもそうやってなまけて、寝とるから、あかんのや。これから浜へ行って、走ってこい。そしたら治るぞ‼」

すごい剣幕で吐き捨てると、父は出ていきました。

母はただオロオロするばかりです。

ああ、とうとうオヤジにも見捨てられたか……。

七歳の私はボンヤリとした頭でそんなことを考えていました。

病状を見かねて進言する人があり、これは大きな病院で診てもらったほうがいいということになりました。車で二時間もかけて、三重大学医学部の大学病院へと向かいます。

検査の結果、自家中毒症と診断されました。

子供に稀に見られる病気で、ヘタをすると死に至ることもあると言われています。治療法は大量のブドウ糖を定期的に投与すること。

劇的に私は快復しました。

一ヶ月ぶりに学校へ行くと、懐かしい同級生たちの顔があり、なんだか自分だけ別世界へと旅をしていたような気がしました。

そうして父のことです。

私が病気になった時、おぶってくれたあの広い背中と、まったく快復せず、衰弱していった時、怒鳴りつけたあの恐ろしい顔と——。

その両方が幼い私の心に刻み込まれました。

我が子が原因不明の病気で、どんどん悪化していって、自分にはどうしようもなくなった時、父は業を煮やしたんだと思います。

選挙に狂奔する父

父は子供に対するのが苦手だったと書きました。

父は幼くしてオヤジを亡くしています。自身が父との関係を築くことなく育ち、自らが親になった時、子供にどう対すればいいのかわからなかったのではないか？

私の祖父は短期間、小さな漁師町の町長を務めたことがあるそうです。職責を全うすることなく逝った祖父のことが父の生涯の桎梏《しっこく》となっていたように思われます。

父はいつかあの町の町長になることを夢見ていました。商売以外の情熱をほとんど政治に、いや、もっと端的に言えば選挙に費やしていたものです。

大した娯楽のない田舎町の選挙は一種のお祭り騒ぎでした。町長選挙の折などは町が二分されます。対立する両者がいがみあい、日夜、すさまじい票獲り合戦が展開しました。

選挙期間になると、父の様子が一変します。目を輝かせ、生き生きとして一方の陣営の選挙参謀として町を飛び廻るのです。

内心、母はそれをとても嫌がっていました。父が亡くなった時、「選挙のおかげで、ほんまにお父ちゃんは寿命を縮めたんやで」とぼやいたものです。

父は漁業協同組合の幹事や観光協会長、ＰＴＡ会長などを歴任しました。結婚式の媒酌人、いわゆる仲人を数多く務めてもいます。仲人親となることで選挙の票集めに有利になると考えてのことでしょう。

ライオンズクラブというのをご存じでしょうか？

世界各地で活動するボランティア団体です。父はその地区会長を務めてもいました。田舎のライオンズクラブの実情は、地域の商店主や医師、弁護士など小金持ちが寄り集う交流会です。当然、父は選挙のことを考えて入会したのでしょう。

幼い頃、ライオンズクラブのクリスマスパーティーへ行った時のことを憶えています。記念バッジをいっぱいくっつけたLのマークの黄色と紺の制帽をかぶった田舎のおやじさんたちが寄り集い、酔っ払って赤ら顔ではしゃいでいる——なんともそれは滑稽な光景でした。

おやじさんたちが言葉を間違えたり、ドジを踏んだりすると、箱を持った係がやってきてペナルティーとして千円札だか五千円札だかを募金しなければならない。鼻持ちならないシステムだな、と子供ながらに呆れました。

パーティーが始まり、家族ごとにテーブル席に着いて、司会者が名前を呼ぶと、一家が立ち上がります。

「中森ライオン！」

すると家長が高々と両手を挙げて「ウォ――ッ！」とライオンの雄叫びを上げる。その瞬間、会場中が拍手です。

お笑い草でした。

ライオンズクラブの制帽をかぶって、高々と両手を挙げて、得意満面で「ウォ――ッ！」と雄叫びを上げる田舎の中年男――それが幼い日の私の脳裏に焼きついた〝成功者としての父〟でした。

上京して家出少年になる

父は小さな町の酒屋の店主としてそれなりの成功を収めました。

尋常小学校出の無学な男でしたが、私の姉と兄を大学に送りました。姉は名古屋へ、兄は東京の大学へと――。

上京した兄を追って、私も東京の私立大学の付属高校へ入ることになります。

これが大きな転機でした。

いや、父としてみれば（息子の）大きな間違いの始まりかもしれませんが。

五歳上の兄は温厚で、おっとりとした性格です。きびしい父とは対照的でした。兄とのアパートでの二人暮らしは、まったく枷《かせ》のないものになります。

そう、生まれて初めて私は自由の味を知ったのです。

学校はつまらなく、気の合う友達もいなくて、すぐにサボり始めました。田舎の不良少年たちが次々と高校を中退して、上京してきます。私は彼らとつるむようになりました。不良少年らのたまり場に入り浸って、兄と暮らすアパートにはほとんど帰らなくなります。

父は激怒しました。母が上京して、私は田舎に連れ戻されます。怒り狂った父に問答無用でボコボコに殴られました。

数日間は実家にじっとしていたでしょうか。

ある日、真夜中に目を覚ますと、私はバッグに衣類をつめ込みます。夜明け前に、そっと家を出ました。始発バスに乗り、伊勢湾岸をめぐる車窓の景色にじっと目を凝らしていました。
もう、あんな家に帰るもんか！
心の中でそう呟きながら。
お金はほとんどありません。一番安い切符を買って、キセル乗車で東京をめざします。
ふと途中下車した駅の近くの公園のベンチで寝たりしました。
目を覚ますと、空が見えます。
夜明け前でした。
体が冷えきっています。
雨に打たれて、全身がずぶ濡れでした。

爆発的な読書体験

私が行き着いたのは、千葉にあるアパートの一室でした。かつての不良少年たちのたまり場です。同郷の二十代半ばの男性の部屋でした。

彼は旅館の御曹司で、我が町出身の評判の秀才です。国立大学の工学部を出て、橋の設計事務所に勤めていました。とても親切な人で、同郷の少年たちが上京して働き先を見つけるまでのあいだ、部屋に居候させてくれていたのです。

私の行くところはそこしかありませんでした。結局、一年近くもその部屋で暮らしたと思います。

部屋の主は朝早く出勤して、夜遅くなるまで帰りません。

その間、ずっと一人です。

何もない部屋でした。電話もテレビもありません。壊れたラジオが一つあるきりで、すぐに音が聴こえなくなってしまいます。けれど壁一面の本棚にぎっしりと本が並んでいました。

小説やエッセイ、批評集、哲学書や社会学・心理学書からコンクリート工学の本まで。

私は片っ端から手に取って、むさぼるように読み耽りました。これほどたくさんの本を読んだのは生まれて初めてです。

私が文章を書く仕事をするようになったのは、この部屋での爆発的な読書体験がきっかけだったと思います。

（三十数年後の今でも、時折、あの部屋の本棚の夢を見ます）

私の実家にはほとんど本がありません。文学書の類は皆無です。父も母もまったく小説を読まない人たちでした。

十代半ばの少年が、たった一人で一年近くも狭い部屋で暮らす。なんとそれはさみしいことだったでしょう。

しかし、そうは思いませんでした。

毎日、読み耽る本、ことにたくさんの小説の中に自分の仲間たちを見つけたから。ジュネやセリーヌやランボーやロートレアモンや中上健次という名前の仲間たちでした。

（今でも彼らは私につきまとっています）

万引少年団

私は高校を中退しました。

説得されて一度は故郷へ帰ったんです。

また不良仲間たちとつるむようになりました。

Tという男がいました。彼を首領として万引少年団が結成されていたのです。私もメンバーの一員に加わりました。

なんでも屋のような店にみんなで行って、様々なものを盗む。犯行後、裏山で盗賊よろしく車座になって次々と戦利品を差し出す。首領はそれを鑑定すると、仲間に分配します。

Tは突然、その店でシャープペンシルの芯を買ったりしました。

「なんで買うたかわかるか？　絶対、盗めるやろ、こんなもん。それをわざわざ俺が買うことで、あの店のおっさんを信用させるためなんや」

Tは狡猾《こうかつ》な男でした。彼自身は金目のものを盗んだりしません。ニヤッと笑ってTが戦利品を差し出すと、それは店主の目の前のレジ台に置かれていたプレートでした。よくそんなものを堂々と失敬してきたもんだ――まさに神業です!!

Tはくわえタバコを一服ふかすと、プレートの表記をこちらに示します。

〈未成年者の喫煙はやめましょう〉

仲間たちはドッとどよめきました。

「おい、みんな、わかっとるな。くれぐれも、ええか、責任は個人持ちやぞ！」

Tはたびたび口癖のように言いました。

責任は個人持ち――それは万引が発覚して捕まったとしても、自分一人で罪をかぶって、決して仲間たちについて口を割るな、という掟です。

「責任は個人持ち、よろしく！」

すぐに万引少年団の合言葉になりました。

家庭裁判所へ

仲間の一人と私が伊勢市のデパートで犯行に及んだ時のことです。その男は試着室で商品の服を着込んだまま逃げようとして警備員に捕まりました。逃げ足の速い私だけは、昇りのエスカレーターを猛烈な勢いで駆け下りてまんまと逃走に成功します。

責任は個人持ち――というわけにはいきませんでした。

仲間は早々と口を割ったようです。

警察から連絡があって、親に私の犯行が告げられました。父はぶちきれました。怒りで顔を真っ赤にして、さながら鬼の形相で私の前に立ちはだかります。

「お、おまえみたいなもんは……おまえみたいなもんはな……死ねっ!!」

私は顔が腫れるほどボコボコに殴られました。失神寸前でした。いや、本当に死ぬかと思いました。

父にともなわれて家庭裁判所で取り調べを受けることになります。

ロビーで呼び出しを待つあいだ、父は私に声をかけました。

目の前のガラスケースにはボロボロの竹刀やムチのようなものが陳列されています。かつて戦前の警察の取調べで使用されていたものとの説明がありました。

「これ、見てみい」

「昔やったら、おまえ、これでやられとったんやぞ」

怒気を含んだ口調で父は吐き捨てます。

私はじっとうつむいたままでした。

名前を呼ばれ、取調べ室へ入ると、警察官と保護観察官とおぼしき男らが並んでいます。私はその前に座り、犯行について詳細な尋問を受けました。

自分でも情けないぐらい声がふるえています。

最後に調書にサインをすると、両手に朱色の墨を塗られ、指紋を取られました。

その様を父は冷ややかな目で見つめています。いたたまれない気持ちでした。

ああ、とうとう俺は前科者になってしまったのか⁉

十七歳でした。

自分はこれからいったいどうなるのだろう？

くらくらします。

目の前の未来がまったく見えません。

私は不良仲間と決別して、単身上京することを決意しました。アルバイトでもして一人で生きていこうと思ったのです。

猛反対されると予想しましたが、その頃には父はもう体調を崩して、入退院を繰り返していました。ドサクサにまぎれて逃げるような格好で故郷を離れたのです。

父の死

ある日、ノックの音で叩き起こされました。

電報でした。

〈チチ　キトク　スグ　カエレ〉

慌てて病院へ駆けつけると、父はもう意識がありません。ベッドに寝たきりで、体にたくさんの管がつながれています。

肺がんの末期でした。

母と兄が医師に告げられ、結局、父には告知しなかったようです。

私が病床で父の手を握り締めると、もう握り返す力さえありません。

愕然としました。

父の体はもはやボロボロで、衰弱しきって骨と皮だけになっています。あまりに変わり果てたその姿は正視に堪えません。

ああ、これが本当にあの精力的だった父親なのだろうか……。

私は首を振って、ただ絶句するだけです。

ほどなく父は息を引き取りました。

その時の感情をどう表現したらいいか？

悲しくなかったわけがない。

私は泣きました。

とはいえ、それはドラマや物語の中で見た死とはまったく違います。どこか実感がない。まるでだまされているみたいで。なんだか嘘のようで。

目の前で起こっていることがとても信じられない。信じたくない……それが正直な気持ちかもしれません。

二十歳になったばかりでした。

若い私は父の死と向き合うことができなかった。

いや、実を言えば、いまだにそうかもしれない。ずっと逃げているような、目をそむけ続けているような、そんな気がします。

父を愛していた——なんて言ったら、それは嘘になるでしょう。憎んでいた——というのとも違う。

愛したり、憎んだりするほど、濃密な関係ではなかったと思います。

苦手だった――というのが一番近いかもしれない。二人きりになると、なんとも気づまりでした。いったい何を話したらいいのか、わからない。いや、父と腹を割って会話した記憶がまったくありません。

何度か殴られた時でさえ、そうでした。それは殴られても仕方がないことを、私はいっぱいしした。家出、高校中退、万引……と、どうしようもない息子、不良少年でした。けれど父に殴られた時、正直、親としての想いがまったく感じられなかった。いかにも衝動的でした。

いったいあの人は何を考えていたんだろう？

心の底で本当は何を想っていたのか？

篠山紀信夫妻と食事

四十七歳の時でした。

『アイドルにっぽん』という本を上梓しました。それまで二十年ほどかけて書いたアイドル論をまとめたものです。

篠山紀信論も収録されていて、一緒に雑誌の連載などもした大先輩である篠山さんにそのことを告げると「よし、お祝いしよう！」と食事に誘ってくれました。

青山の高級中華料理店のテーブルに着くと、篠山さんは奥様を伴って現れました。シンシアさん。

そう、かつての南沙織です。

私のアイドル論では一九七一年に『17才』でデビューした南沙織こそが、我が国のアイドル第一号と定義づけています。

篠山さんがそれに気を配って奥様を喚《よ》んでくださったのでしょう。なんとも贅沢な出版祝いになりました。

目の前には日本一の巨匠写真家がいて、隣席では南沙織が微笑む……信じられないシチュエーションです。シンシアさんは今では三児の母のはずですが、その美しさはまったく衰えていません。

請われて私は自著に署名しました。

〈アイドル写真家・篠山紀信様
　永遠アイドル・シンシア様〉と添えて。

「まあ」とそれを目にした篠山夫人は笑っています。

「『色づく街』がいいんだよな、南沙織の歌では」と、篠山さんが鼻歌を唄い、奥様が微笑み、しばしアイドル話に花が咲きました。

子供時代の憧れのアイドルが隣席にいて、私のグラスに老酒をお酌してくれています。

なんだか夢のよう。

老酒に酔い、美味しい料理に舌鼓を打ち、話が弾んで、心楽しい時間が過ぎてゆきます。

「まあ、中森さん。面白いお箸の持ち方なさるのね！」

ふいにシンシアさんが言いました。

私はハッとします。

突然、冷水を浴びせかけられたような気がして。

そうでした。

私はちゃんと箸が持てません。二本の箸を平行に保てず、交差させてしまう。そういう人はいるかもしれないが、さらに人差し指をぴんと突き立てる……なんとも珍しく不恰好な持ち方です。

育ちの悪さが丸出しで、何度も矯正しようとしましたが、結局、直りませんでした。ああ、そうか、俺はお箸の持ち方さえちゃんと学んでいなかったんだ……。

兄や姉は正しい箸の持ち方をしています。ちょうど私が生まれ育った頃、うちの酒屋は急激に忙しくなり、従業員なども一緒に食卓を囲む不規則な食事の仕方になりました。おかげで私は食卓のマナーはもとより、箸の持ち方すら正しく教えられなかったというわけです。

箸の持ち方の師匠

カッちゃんという男がいました。

うちの酒屋で働いていましたが、正式に契約上の雇用関係にあったのかどうか……。

カッちゃんは町の名物男でした。小学校もまともに出ていないという話で、読み書きもできません。昼間っからふらふら徘徊《はいかい》して「やーい、カッちゃん！　カッちゃん！」と子供たちに囃《はや》し立てられ、石を投げられていました。

なんでも小学校の女子を山に連れ込んで、カッちゃんが服を脱がせたり、ワイセツな行為に及んだりしているとの悪い噂が絶えません。

「おまえもちゃんと勉強せえへんと、カッちゃんみたいになるぞ！」

大人たちは子供にそう言い聞かせました。

そのカッちゃんが私が物心つく頃には、なぜかうちの酒屋で働いていた。いや、ふらっと現れて手伝ってもらってるうちに、準従業員のような存在になっていたのかもしれない。他の従業員からは役に立たないと、あからさまにバカにされ、いつもなじられていたものですが……。

今、思うとあの頃、おそらくカッちゃんは二十代の青年で、なかなかいい顔をしていました。目がクリッとして、つぶらな瞳が、そういう無知……というか、無垢な人のみの持つ独特な光できらきら輝いていた。

カッちゃんが一番うれしそうな顔をするのは、食事の時です。どんなものでも本当に美味しそうにバクバクと食べ、あの小動物のような瞳をつぶらに光らせて、ニコニコ笑っていました。

カッちゃんは左利きでした。

ちゃんとした箸の持ち方ができず、二本の箸を交差させ、人差し指をぴんと突き立てています。

そうでした！

なんとそれは私の箸の持ち方なのです‼

おそらく物心もつかない頃の幼い私は、食事時のカッちゃんを鏡のようにして真似て、箸の持ち方を習い憶えたに違いありません。

なんということでしょう。

町の名物男だったカッちゃん。

小学校も出ず、読み書きすらできず、ふらふら町を徘徊して、子供たちに石を投げられ、女児にワイセツ行為を働いていると眉をひそめられていたカッちゃん。

それが私の箸の持ち方の師匠なのです。

その持ち方で五十代半ばになる現在も、私は毎日、食事をしています。

憧れのアイドルと食卓を共にした時、その不恰好な箸の持ち方を笑われたりもして。

ああ、俺のオヤジは何も教えてくれなかったな。

そう、まともな箸の持ち方すら。

カッちゃんは教えてくれたのに。

父との再会

父が死ぬと、私はまったく実家には帰らなくなりました。ずっと東京で一人暮らしで、故郷の記憶もだんだん薄らいでいきます。

今ではもう父のことを思い出すことも、めったにありません。

亡くなって三十数年です。

悲しみの感情などとっくに消えてしまいました。

五十歳が近づいたある日、ふと私は父と再会します。

夢を見たのでした。

夢の中の父は、あの頃のままです。

何も語らず、じっと私のほうを見ていました。

父と二人きりでいた時のあの気まずい感情が、さーっとよみがえってきて、私は目を覚ましました。

その時です。

私は父がこの世にいないことに愕然としました。

なるほど、死とは「いない」ことなんだ⁉ と。

こんなあたりまえのことに驚いている、その自分にまたびっくりしています。

ジョン・アーヴィングというアメリカの作家がいます。代表作は『ガープの世界』。

ロビン・ウィリアムズ主演で映画にもなりました。

ガープという名の数奇な生まれの男の一代記です。

ガープは結婚して二人の男の子に恵まれました。妻は大学教授として働き、自身は主夫業を務めながら小説を書いている。いわゆる幸福な一家でした。

物語のクライマックスは突然やってきます。

妻は若い教え子と不倫関係にあり、ある夜、ガープ家の前に止めた車の中で件の男と別れ話をしていました。同じ頃、ガープは幼い二人の息子を連れて映画を観に行っています。

妻の不倫相手は別れ話を聞き入れません。夫が帰宅する前になんとか男を引き下がらせようと、妻は車中で口唇性愛に及びます。

胸騒ぎを覚えたガープは映画を観るのを途中でやめて、帰路につきます。

その夜は、みぞれの降る凍りつくような気候でした。

ガープと子供たちの乗る車のフロントガラスは曇って前方が見えません。けれど、もう通り慣れた家の前の私道まで来たので、見えなくても大丈夫とガープはアクセルを踏みます。

まさかそこに止まっている車の中で妻が不倫相手と口唇性愛に及んでいる真っ最中だとも知らずに……。

車が衝突する！　……その寸前で、ぷつっと物語は章を閉じます。

次の章では、そこから月日が経過していました。

ガープ一家はリハビリに努めています。

回顧談の形で事故の様子が読者に知らされます。

車が衝突した瞬間、妻は不倫相手のペニスを食いちぎっていました。首を痛め、鎖骨が折れ、鼻がつぶれ、歯も二本折れて、舌も二針縫いました。

ガープはハンドルで顔を強く打ち、あごが折れ、舌がめちゃくちゃになり、十二針も縫って、口を針金で縛って治療に努めています。

夫婦は会話ができなくなりました。互いに紙に言葉を書いて、意思を伝えあっています。

長男はチェンジレバーの先端で右眼をえぐり取られました。そこにガラスの義眼が入れられ、生涯、片眼での生活を強いられることになります。

なんとも痛ましい事故の有様でした。

傷だらけのガープ一家は、互いを励まし、懸命に家族の再生に努めます。

そこまで読んできて、ふと違和感を覚えます。どこか変だ。何かおかしい。

えっ、何だろう？

そうでした。

もう一人いるはずのガープの下の息子がまったく姿を現さないのです。

いったい、どうしたのか？

あっ！　と思いました。

なんとその子は死んでいるのです！

これには驚きました。

衝撃的というか、ちょっと参ったという感じです。

死とは「いない」こと

物語の中の死とは何でしょう？

ドラマや映画を観れば、よくわかる。つまり、それは死の瞬間です。

時代劇やチャンバラ映画のクライマックスではバッサバッサと人が斬り殺される。西部劇や刑事ドラマ、アクション映画では派手な銃撃戦の末に大勢の人が撃ち殺される。ミステリーやサスペンス、ホラーやパニック映画でもおびただしい血が流れ、人が死にます。

あるいは難病モノの純愛ドラマでは、闘病の末に恋人が死ぬ——その場面がもっとも感動的で観客の涙を誘います。

死は多くの人々の情動に訴えかける。それでドラマや映画、小説ではクライマックスに死の瞬間が描かれます。

ところが『ガープの世界』は違いました。

死の瞬間が描かれません。その寸前でぷつっと物語が途切れます。

物語が再開すると、月日が経過していました。そうして、なぜかそこには家族の内のたった一人がいないんです。

これがジョン・アーヴィングの描いた「死」でした。

さすがと言うべきでしょう。

私自身が経験したことも同じです。

父の死から三十年もたって、ある日、ふとその人が「いない」ことに気づいて愕然とする。

それが私の実感した「死」でした。

「悲しさ」と「さみしさ」

親しい人が死んだ瞬間、人は誰もが泣くでしょう。悲しくて、つらくて、身がふるえる。大きな衝撃を受ける。お通夜があり、お葬式があって、亡くなった人の親族や友人・知人が集い、みんなで悲しみの別れを告げます。

死——というと思い浮かぶのは、そんな場面ではないでしょうか。

けれど、時は流れる。月日を重ねると、やがて悲しみは癒えます。

どんなつらい別れや悲しさも決して癒えないものはない。

死に対した時の衝撃的な感情は、日々、薄れてゆきます。

そうして、ある日、気づく。

死んだ人は「いない」ということに。

もう二度と会うことはできないのだと。

その瞬間、心に浮かぶ感情は何でしょう?

そう、「さみしさ」です。

いわば「悲しさ」が終わった時から、「さみしさ」が始まる。

父の死から三十年もたって、やっと私がわかったことでした。

ちっともドラマチックじゃない。劇的でもない。本当にどうでもいいことを時々、思い出します。

ある日、百円ショップの片隅でふと足が止まりました。安っぽいキーホルダーがいっぱいぶら下がっています。その一つが目に飛び込んできて、ハッとします。

小さなヒョウタンのキーホルダーでした。

ああ……と私はため息をつきます。

そうでした。

父はヒョウタンのコレクターだったんです。ずっとそのことを忘れていました。大小、色とりどり、さまざまなヒョウタン形の小物やアクセサリーをたくさん集めて、部屋に飾っていたものでした。

神棚の下あたりに奇妙な果実のようなヒョウタンの群れがびっしりと鈴生りになって

ぶら下がっている。そんな光景に、初めて見る人は一瞬ギョッとするし、およそなんともグロテスクなものでした。

うちが酒屋だったので、酒を入れる器としてのヒョウタンを良きシンボルのように思っていたのかもしれません。

父はヒョウタンのアクセサリーを身につけてもいました。ヒョウタンの形をしたネクタイピンを、何かシャレたもののようなつもりでつけて御満悦の表情だった父の顔を思い出したりもします。

あのヒョウタンたちはいったいどこへ行ってしまったんだろう?

おそらく、もう実家にはないでしょう。

いや、その一つを形見としてもらっておけばよかったなんて決して思いません。正直、なんとも趣味の悪いものだったし、あれを自分が大事に持っているなんて、考えただけでちょっとゾッとします。

父の〝形見〟

けれど、しかし……。

こんなふうにも思うんです。

父が死んで三十年もたって、百円ショップの片隅で小さなヒョウタンのキーホルダーを目にして、自分はハッとする。なんとも言えない気持ちにとらわれている。

懐かしいとか、いとおしいとか、哀しいとか、そういうのと違う。たぶん違う。どうにも表現するのが難しい。言葉にしようとするとすぐに消えてしまう。そんな複雑な感情に襲われて、ただ、じっと立ちつくしている。

ああ、そうか。

実はその感情こそが、父が私に遺した唯一の〝形見〟ではないか？

そう気づきました。

他の人が見たら何でもない。

ただの安っぽいヒョウタン。

しかし、それを目にするたび、不意打ちに襲われる。複雑な感情にとらわれる。

父のことを思い出す。

そうして、その人がもう「いない」ことに愕然とする。

二度と会えないことに途方にくれる。

どうしようもない「さみしさ」を覚える。

「悲しさ」が終わった時から、「さみしさ」が始まる――ジョン・アーヴィングの小説『ガープの世界』を読んで、私はそれを知りました。

しかし、知るとわかるは違います。

本を読んで知識として得ることが「知る」なら、「わかる」とは自ら体験して実感すること。

どれだけ悲惨な事実が書かれた本を読んで知ったとしても、わかったことにはならない。

自ら血を流さなければ、絶対にわからないことがある。

どれだけたくさんの知識を得て死の意味を知ったとしても、わかることとは違う。

自分の身近な人、大切な人の死を経験しなければ、決してわからない。

「わかる」とは痛みをともなうものです。

父は私に何も教えてくれなかった――と書きました。
ところが、どうでしょう。
こんな大切なことを私に教えてくれたではないですか。
知るのではなく、わからせてくれた。
痛みをともなう経験として。
生きていた時ではなく、死んでから三十年もかけて。
「いない」ことによって。
息子である私に「死」の本当の意味を教えてくれた。

悲しさは一瞬、さみしさは永遠――。

それこそが父が教えてくれたことなのだ、と。
いわば亡き父と私は「さみしさ」によって永遠につながっているのだと思います。

第二章　さみしさの偉人たち

龍馬人気の不思議

日本人がもっとも好きな歴史上の人物は誰でしょう？

坂本龍馬。

そう答える人が多い。

この種のアンケート結果では必ずトップに位置します。

織田信長・豊臣秀吉・徳川家康のトリオを抜いている。彼らが戦国時代の武将だったのに対して、龍馬は幕末の人、いわゆる近代人でした。写真も手紙も残っている。ついひと昔前まで生きていた。戦国武将とくらべれば、ずいぶん新しい人の印象があります。

でも、なぜ坂本龍馬はこんなに人気があるんだろう？

ちょっと不思議です。

龍馬の生涯は皆さん、もうご存じでしょう。

一八三五年（天保六年）、土佐の郷士に生まれ、下級武士から脱藩。幕末の志士として活動。勝海舟に入門して、薩長同盟を斡旋し、大政奉還に尽力した。倒幕、明治維新に多大な影響を及ぼす。維新前年の一八六七年十一月、京都・近江屋で暗殺された。没年、三十二歳。

短くも華やかで、波乱万丈の生涯でした。

幕末の風雲児。

そう呼ぶのがふさわしい、まさに国民的英雄です。

小説やドラマ、映画や漫画等でこれまで数知れず描かれてきた。

ことに司馬遼太郎の『竜馬がゆく』の影響が大きい。

これはNHKの大河ドラマにもなりました（一九六八年、主演・北大路欣也）。近年でも福山雅治が主演した『龍馬伝』（二〇一〇年）が話題を呼んだ。藤岡弘が龍馬に扮した『勝海舟』（一九七四年）の鮮烈なイメージも忘れられません。

龍馬が興した日本初の貿易商社「海援隊」は、フォーク歌手時代の武田鉄矢氏が結成したグループの名前にもなっています。大の龍馬フリークとして知られる武田鉄矢氏が原作の漫画『お〜い！竜馬』（小山ゆう）は人気を呼んだし、武田氏自身がテレビドラマ（『幕末青春グラフィティ　坂本竜馬』）で龍馬その人に扮してもいました。

ドラマ化されて高視聴率を獲得した『ＪＩＮ―仁―』（村上もとか）は現代の医師が幕末にタイムスリップする漫画ですが、坂本龍馬の暗殺阻止が物語の一つのクライマックスともなっていました。

今日でも繰り返し様々なメディアで龍馬の生涯はドラマ化されています。

日本人は坂本龍馬の物語が大好きです。

いや、どうでしょう。まったく逆かもしれない。実はこのような物語のおかげで龍馬はもっとも人気のある歴史上の偉人になったのではないですか？

物語に描かれる〝坂本龍馬〟は実に魅力的です。

明るく、気さくで、前向きで。自由奔放で、仲間を大切にする。脱藩する勇気と決断力、未来を見通す先見性、時代を切り開くその信念と。武士の魂を持ちながら、旧弊な社会を脱して開国へと向けたインターナショナリティー、そのため日本列島を駆けめぐる縦横無尽の行動力と。勝海舟から西郷隆盛、桂小五郎ら幕末の偉人たちを魅了した人たらし。妻お龍とのラブストーリー。愛妻家にして、稀代のモテ男。維新の寸前に暗殺されるという悲劇の影を帯びながら、三十二歳で没したがゆえ、老いることなく〝永遠の若者〟としての輝きを生き続ける――。

それが大方の人々の持つ龍馬像でしょう。

とはいえ、先にも記したとおり、こんな快男児は数多くの物語によってもたらされたイメージによるもの。

すると本当の彼はどんな男だったんだろう?

龍馬の孤独

〈真の龍馬像とは?〉の帯文に惹《ひ》かれて一冊の本を手に取りました。

飛鳥井雅道著『坂本龍馬』（講談社学術文庫）。

飛鳥井氏は二〇〇〇年没。京都大学名誉教授を務めた高名な歴史学者でした。

徹底的な史料の読み解きと検討によって坂本龍馬の実像を探究する——という同書の最初のページを開いて、冒頭のその表題に目を留めました。

〈龍馬の孤独について〉

……孤独?

どういうことでしょう?

明るく、前向き、いつも仲間たちに囲まれてにぎやかに笑っていた龍馬に〝孤独〟とは、およそ似つかわしくない言葉です。

だが、わたしには疑問が深まっている。龍馬は真に理解された上で愛されているのだろうか。龍馬の生涯を史料を通じて検討してゆくあいだに、わたしは龍馬に強くひきつけられると同時に、彼の悲劇的な側面に、そしてその孤独さに次第にのめりこむようにひきつけられてきているのだ。彼は本当は一度もそのままの姿で理解されたことがなかったのではないか……

飛鳥井氏はさらにこうも書きます。

小説やテレビでさっそうとしている龍馬は、本当はどうしようもなく孤独な面をたえず持ちあるかねばならなかったのではなかったろうか。人間的には楽天的な彼のことだから、こんな孤立は常に笑いとばしたかも知れないが、彼自身が意識すると否とにかかわらず、彼の孤独の事実は、たんに龍馬をほめあげてすますのではなく、われわれこそが直視しなければならないはずのものではなかろうか。

一度は忘れ去られた

「維新の直後、龍馬は一時ほとんど忘れられかけたことすらあったのだ」という意外な指摘がありました。

大政奉還を実現して、直後に龍馬は死んだ。その後、王政復古、明治維新と急展開、猛烈な速度で変転する歴史の渦に呑み込まれるようにして彼の存在は忘れ去られたのだ、と。

なるほど先の信長・秀吉・家康の戦国トリオは忘れられたことなどなかったでしょう。彼らは天下を取った殿様です。くっきりと歴史にその名前を刻印しました。しかし、龍馬は……。

一度は忘れ去られたということが、彼の存在を際立たせています。坂本龍馬が復活したのは明治十年代後半のことでした。

龍馬の名は、明治一六年（一八八三）、高知の『土陽新聞』が連載した『天下無双人傑・海南第一伝奇・汗血千里駒』（紫瀾・坂崎斌《さかん》作）によって一躍読書人の知識のなかに入りこんでいったのである。単行本になると広く読まれていく。

「この小説は今なお司馬氏の『竜馬がゆく』を含めて、多くの龍馬小説の基本型をすでに形成している」と強調されています。

江戸は千葉道場の息女との淡い恋、また、伏見寺田屋で龍馬が幕吏に襲われたとき、お龍が入浴しており（略）といった御存知のシーン等々は、すべてこれ紫瀾の文がつくりあげたものだからである。


つまり龍馬は実像としてではなく、あらかじめ物語として復活したということです。

その流れに司馬遼太郎『竜馬がゆく』があり、今日までの数知れぬ物語としての龍馬像が生まれ、育まれたということでしょう。

高名な歴史学者は「龍馬の孤独」と書きました。

私はそれを「さみしさ」と言い換えたい。

三十二歳の若い命を賭してまでこの国を変革しようとした。それが実現して、新しい時代が切り開かれた時、当のその人はもうすっかり忘れ去られていた。

なんとさみしい人生でしょう。

坂本龍馬はさみしい人でした。

しかし、それだけでは終わらない。

世に忘れられた著名人など数多くいるでしょう。

龍馬は復活した。

やがて日本人がもっとも愛する人物にまでなった。

こんな男は彼一人です。

では、なぜよみがえったのか？

三度の復活

「彼は近代で、三度にわたって別々の姿をとって復活した」と同書は説きます。

一度目は明治十年代後半、民権運動激化の渦中に先の新聞小説によって〝民権派の先駆〟として一躍脚光を浴びた。

二度目は明治三十七年の日露戦争開戦時、皇后陛下の夢枕に龍馬が立ったと報じられます。海援隊の創始者の亡霊——すなわち〝帝国海軍の守護神〟のお告げではないかと大騒ぎになりました。

三度目は大正デモクラシー華やかなりし頃、大政奉還を実現させた元祖デモクラット、いわゆる〝平和革命論者〟として見直された。

いや、近代の三度に限らないでしょう。その後も様々に姿を変え、幾度となく龍馬の魂はよみがえり続けているのではないですか？

司馬遼太郎が『竜馬がゆく』を新聞小説として連載したのは一九六二〜六六年で、我が国の高度成長真っ盛りの頃。敗戦という第二の開国を経て躍進する戦後ニッポンの象徴的な物語となりました。

NHK大河ドラマで放送されたのは一九六八年。いわゆる全共闘運動ピークの年。反乱する若者としての龍馬像が喧伝されもします。

近年の『龍馬伝』ブームでは、リーダー不在の混迷ニッポンに「今こそ平成の龍馬よ、出よ！」と声高に待望論が語られました。

さながら時代時代の要請に都合よく姿を変えられ、坂本龍馬は復活さ、せ、ら、れ、て、い、るようです。

すると真の龍馬はどこにいるのか？

龍馬はなぜよみがえったか？

先の飛鳥井氏の龍馬論の結語は以下のとおりでした。

龍馬の一生の悲劇は、常に人に教えられつつも、その教師を一歩追いぬいてしまうところに典型的にあらわれていた。（略）彼はついに志士たちから真に理解されることなく終わったのである。龍馬の孤独という理由である。

龍馬は真に理解されなかった。だから孤独なのだという。

なんという皮肉なことでしょう。

真の龍馬像が理解されない、それゆえ時代の事情に都合よく姿を変えられ、何度もよみがえる。

つまり虚像として愛され続けたのだと。

いや、私はこう思います。

なぜ、龍馬はよみがえったのか？

さみしかったからじゃないですか。

一度は忘れ去られ、呑み込まれた歴史の渦の彼方から、彼は孤独な悲鳴を上げていた。その声を聞き取った者が、様々な物語としてかつての英雄をよみがえらせたのだと。

坂本龍馬は日本一さみしい男だった。

だからこそ日本一愛される男になった。

いくつもの物語で龍馬が輝けば輝くほど、今、彼の不在がくっきりと際立って見えます。

ドイツの劇作家ベルトルト・ブレヒトは言いました。

　英雄のいない時代は不幸だ。
　だが、英雄を必要とする時代はもっと不幸だ。

昨今、声高に叫ばれる〝龍馬待望論〟を耳にするたび、私は思います。

坂本龍馬のいない時代はさみしい。

だが、坂本龍馬を必要とする時代はもっとさみしい——と。

ディズニーランドを作った男

日本人がもっとも好きな場所、誰もが一度は行ってみたいところとはどこでしょう？

東京ディズニーランドではないですか？

一九八三年の開園以来（その後のディズニーシーを加え）、既に入場者数は六億人を突破しています。日本人全員が五回も行ったことになる。なんともすごい人気です。

私も一度だけ取材で訪れましたが、いや、驚きました。

これは単なる遊園地じゃない！

すぐにそう思い知らされました。

シンデレラ城がある。カリブの海賊がある。ジャングルクルーズがある。トムソーヤ島を望むアメリカ河を蒸気船マークトウェイン号が航行してゆく。スペース・マウンテンのような未来的な乗り物も突っ走れば、ホーンテッドマンションみたいに愉快なアトラクションもある。ミッキーマウスやミニーマウス、ドナルドダックといった人気キャラクターらが踊り廻る。陽が沈めばエレクトリカルパレードのまばゆい光にみんなうっとりと目を細めている……。

いや、説明するまでもないですね。きっとあなたも一度は訪れたことがあるでしょうから。

あんな感じは他の遊園地では絶対に味わえない。

どう言ったらいいんだろう。

まるで夢の中の世界で遊んでいるかのような。

誰の夢でしょう？

そう、もちろんウォルト・ディズニーです。

ウォルト・ディズニーの名前はみんな知っている。でも、どんな人だったのか、日本ではあまり知られていないように思います。

一九〇一年、米国生まれ。一九六六年没。もう半世紀近くも昔に亡くなっています。

画家、漫画家として出発して、アニメ作家となる。ふと思いついたネズミのキャラクターが人気者になった。そう、ミッキーマウスです。史上初の長編アニメーション映画『白雪姫』が大成功を収め、『ピノキオ』『ファンタジア』『バンビ』『ダンボ』等々、数々の名作を世に送った。これらはごらんになった方も多いでしょう。

いわばアニメーション映画の父、ウォルト・ディズニーがいなければ、手塚治虫や宮崎駿だってまったく違った道筋を歩んでいたに違いありません。

とはいえ手塚治虫は生涯漫画家でした。死ぬまでペンを離さなかった。宮崎駿だってずっとアニメ映画を作り続け、自ら絵コンテを描いています。

決して遊園地を作ったりしなかった。

ウォルト・ディズニーとはまったく違います。

ディズニーは早々と漫画家やアニメ作家であることをやめてしまった。そうしてアメリカ・ロサンゼルスにディズニーランドを開園した。一九五五年。当時、五十四歳でした。それは子供時代の夢を実現したものであるとも言われています。

彼はどんな子供だったのでしょう?

ウォルト・ディズニーの子供時代

ウォルト・ディズニーは二十世紀の最初の年、シカゴに生まれました。アイルランド移民の子供で、三人の兄がいた。その後、一家はミズーリ州の田舎に引っ越します。農業を始めたんですね。

父親のイライアスは異様にきびしい人でした。子供たちに過酷な労働を強制した。三人の兄たちは次々に家から逃げ出していきました。残されたウォルトは幼い頃から働かされていた。九歳の時にはもう新聞配達をしています。夜明け前に起き、朝刊を配って走り、午後には学校を早退して、夕刊を配達しました。一日も休まなかった。冬の大雪の日など地獄でした。

これは晩年に至るまで彼のトラウマになった。六十代半ばで亡くなる数ヶ月前のインタビューでも、いまだに新聞配達の悪夢を見るともらしていたほどです。

稼いだ金はすべて父親に奪い取られました。新聞配達をしながら、さらには食料品の仕入れやアイスクリーム売りなど、一年中、学校を休んでまで働かされたそうです。

父は幼い息子に過酷な労働を強いるだけではなかった。ふいに怒鳴りつけ、地下室に連れ込んでは何度も激しくムチ打った。今でいえば、児童虐待です。

「ウォルト・ディズニーが少年のころに味わった労働の日々は、常軌をはるかに逸している」

これは東京ディズニーランドのオープニング・スタッフとして携わった文化人類学者による記述です（能登路雅子著『ディズニーランドという聖地』）。過酷なウォルトの幼年体験が、実はディズニーランドに投影されているという興味深い論考でした。

ディズニーは子供時代、まったく遊ぶ時間がなかった。働きずくめの上、オモチャ一つ買ってもらえなかったそうです。

「新聞配達先の家の子供が玄関前に置き忘れた模型機関車をこっそりいじっていた」

そうして四十代半ばになって、子供の頃に欲しかった電気機関車の模型セット一式を買い、嬉々として遊んでいたとも言います。

ディズニーは、実は子供時代と呼べるような屈託のない日々をほとんど知らずに成長した。それは、欲しいと思うものは何ひとつ手に入らないものだということを徹底的に思い知らされた、渇望と抑圧にみちた時期であった。ディズニーが自分のユートピアを建設したのは晩年に近い五〇代半ばであったが、この大人らしからぬ事業には、彼自身の失われた子供時代に対する執着が長い影を落としている。

ディズニー自身がこう告白しています。

「子供の時分に欲しいと思っていながら、手に入れることができなかったものすべてを、僕はディズニーランドに盛りこんだ」

なんということでしょう。

つまりディズニーランドとは幸福な子供時代の再現ではなかった。まったく逆です。不幸な子供の夢見た世界だった。存在しなかったそんな夢の楽園を、晩年のディズニーはこの世に実現させたのでした。

“創造の狂気”

ウォルト・ディズニーは捉え難い人物です。毀誉褒貶、さまざまな伝記や人物評が書かれた。ディズニー社公認の伝記（ボブ・トマス著『ウォルト・ディズニー――創造と冒険の生涯』）では、アメリカが生んだ偉大な夢の創造者であり、心やさしい人格者として描かれています。他方、マーク・エリオット著『闇の王子ディズニー』によると、アルコール中毒の人種差別主義者、ＦＢＩのスパイとさんざん非難され、さながら極悪人のようでした。

どちらが本当のディズニーでしょうか？

二〇〇六年に出版されたニール・ゲイブラーによるウォルト・ディズニー伝が、もっとも世評が高いようです（これは同年のロサンゼルス・タイムズ出版賞・伝記部門大賞を受賞しました）。

綿密な取材と調査による決定版とも言える伝記で、ディズニーの偉大なところも、まったく逆にどうしようもないダメダメな部分も、ごく卒直に書いてあります。

原題が『ウォルト・ディズニー』なのに、日本版（中谷和男訳）の書名には『創造の狂気』と冠せられていました。

なるほどディズニーは偉大な〝創造〟者であったけれど、その根源には〝狂気〟が満ちあふれている。

同書のまえがきで著者はその生涯をこう要約しました。

物質的にも精神的にも恵まれなかった子どもの頃、ディズニーは絵を描きはじめ、想像の世界にひきこもった。そして願いを実現したいという思いは成人するにつれて強まる一方で、その彼の願望が人々をとりこにして離さない。現実を支配できない彼は、絶えず人造の世界を追求し続けた。ミッキーマウスも白雪姫も、ディズニーランドもＥＰＣＯＴ（ディズニーワールドの実験的未来都市）も、自分の想像をもとに世界をつくり、はるか昔に失ってしまった子ども本来の力を呼び戻そうとする。

ＥＰＣＯＴ――とは何でしょう?

それはディズニーが最晩年に挑んだ壮大なプロジェクトでした。

「ディズニーランドとはアメリカ全体に、あるいは世界中に自分が達成できると確信するものの、いわばそのプロトタイプ（試作品）にすぎなかった」

「彼が期待し夢に描いていたのは、ひとつの都市環境全体、「完全なる都市」をゼロから創造することだった」

いやはやびっくり仰天です！

ディズニーランドという遊園地にとどまらず、都市全体を創造する――世界をディズニーワールドにしようとしていたのですから⁉

やはり、この人はどこかおかしいんですよ。〝狂気〟と言われても仕方がない。

どうやらディズニーは本気でそれが実現できると思い込み、挑んでいたようですが、結局、プロジェクトは未完の夢のまま六十五年のその生涯を終えます。

ディズニーの人生とは何だったのか？

抑圧された子供時代、彼は絵を描くことしかできなかった。やがてその絵を動かそうとしてアニメーションを創造した。二次元から三次元へ。アニメのミッキーマウスを立体化させ、ディズニーランドを創り上げた。最後はそれを都市全体にまで広げ、世界をディズニーワールドに変えようとしていた。

なんとも途方もない夢とその実現に懸けた生涯です。まさに〝狂気〟に憑かれたような彼の〝創造〟のエネルギーは、いったいどこからあふれ出てくるのでしょう?

さみしい子供の楽園

先の伝記によるとディズニーは二十歳の時、自宅のガレージを改造して最初のアニメスタジオを開設しています。

「アニメーションを極めたいとする野心、利益追求、名誉欲だけでなく、ほかにも動機があった」

少年時代を過ごした田舎の家に、彼はばらばらになった家族を呼び寄せ、もう一度、団欒《だんらん》を取り戻そうとします。けれど兄が病に倒れ、温暖な土地へと引っ越すと、きびしい冬を嫌って両親と妹もこの家を離れました。

彼一人を置き去りにして。

旅立つ家族を駅まで見送りにきたウォルトの様子を、妹のルースはこう証言しています。

「出発するわたしたちを見ていられなかったのか、兄は突然顔をそむけると、振り向きもしないでその場から去った。明らかに動転していた。独りぼっちになるのがたまらなかったのでしょう」

ウォルト・ディズニーのように寂しがり屋で社交的な者にとって、孤独は耐えられないことだった。それを慰めるためならなんでもした。

「ウォルトが自分のスタジオを設立したのは（略）家族が去ったあとの寂しさを紛らわすためでもあった」そうです。

伝記の筆者はこのスタジオが「ウォルトにとって、最初のネバーランドだった」と記しています。

ネバーランドとは？

そう、童話のピーター・パンが永遠に子供たちと遊ぶ夢の楽園のこと。

伝記のこのパートの見出しは「寂しさと孤独」でした。

ウォルト・ディズニーとは〝さみしさの力〟によって翔ぶピーター・パンではなかっ

たでしょうか？

そうして「最初のネバーランド」は、やがて「ディズニーランド」になるでしょう。

私たちがもっとも好きな場所、誰もが一度は行ってみたいところ——。

ディズニーランドは、実はさみしい子供が作ったんです。

〝さみしさの力〟が、この世でもっとも楽しい夢の国を作り上げたのでした。


「誕生と破局」


イギリスの作家ロアルド・ダールに「誕生と破局」と題する短編があります。

こんな話です。

赤ん坊が生まれました。「丈夫で元気そうな赤ちゃんですよ」と医師が声をかけています。「本当ですか？」と母親が訊く。赤ん坊は母から離され、産湯を使っているんですね。「本当に大丈夫ですか？」と産婦はやたらと念を押します。というのも、この女性、ここ一年半に三人の子供を次々と亡くしたというんですよ。みな病死です。自分は体の弱い子供しか産めないと思っている。前の子供が死んだ時、「もう子供なんか欲しくない！」と叫びます。その時、既にまた妊娠していました。だから、生まれたばかりの子供にどこか異常があるのでは？　すぐにまた死んでしまうんじゃないか？　と脅えています。

赤ん坊が連れられてきました。母親の隣に寝かされます。かわいい男の子です。母親はいとおしそうに子供を見つめ、その体に触れます。

男の人が入ってきました。ヒゲを生やしています。産婦の夫でした。国境の税関に勤めていて、夫婦で三ヶ月前にこの町に引っ越してきたんです。

夫は赤ん坊を見るなり「こんなちっちゃくて大丈夫か？　また死んじゃうんじゃないだろうな」と無神経に声をかけ、妻を泣かせます。「いやだ、この赤ん坊だけは絶対に死なせない！　私は毎日、教会へ行ってひざまずいてお祈りしているのよ」と泣きながら女は訴えます。

「ああ、神様！　どうか、この子だけは長生きさせてください。この子の上にお恵みを」、と。

その赤ん坊はアドルフと名づけられます。

アドルフ・ヒトラーです。

なんと皮肉なオチでしょう。

この短編には「A True Story」――〝真実の物語〟という副題がついていました。

事実、ヒトラーは国境の町ブラウナウで税関職員の子供として生まれました。一八八九年四月二十日のことです。母親は三人の子供を次々と亡くしていました。先の短編に書かれているとおりです。

もし、この赤ん坊が兄や姉のように幼くして亡くなっていたら、その後の世界の歴史はまったく変わっていたことでしょう。

ヒトラーは〝二十世紀の怪物〟とも言われています。

ナチスの総統としてドイツの独裁者となり、他国を次々と侵略、占領、ヨーロッパを支配しました。ナポレオンの再来とも呼ばれた。第二次世界大戦を引き起こし、ユダヤ人を弾圧、強制収容所に送り、ガス室で大量虐殺しました。

二十世紀の悪人をアンケートで選べば、必ずヒトラーは世界一に輝くことでしょう。けれど、こんな怪物も赤ん坊としてこの世に生まれた。あなたや私と同じです。先の短編小説のように母親から幸福を祈られて育ちました。

彼はどんな人生を送ったんでしょう？

小林秀雄のヒトラー論

ヒトラーについてはたくさんの本が書かれています。『ヒトラーを読む３０００冊』（阿部良男編著）と題するブックガイドまである。そのガイドで「膨大なヒトラー関連文献の中で、頂点に立つ名著」と絶賛されているのが、アラン・バロック著『アドルフ・ヒトラー』でした。

一九五二年刊。五八年に翻訳出版（大西尹明訳）されると、我が国の文学者らにも少なからぬ影響を与えました。

その一人は小林秀雄です。『考えるヒント』に収録の「ヒットラーと悪魔」と題する一文。これは「文藝春秋」に発表された名文として、二〇〇二年、同誌の創刊八十周年記念号に再録もされました。『十三階段への道』という映画の紹介から始まります。ナチスを裁いたニュールンベルク裁判の実録物で、小林秀雄は映画館へ観に行ったそうです。

「小春日和の土曜であった」とあります。

この文章は「文藝春秋」昭和三十五年五月号に発表。調べたら件の映画は同年二月公開なので、小林は春に観たのでしょう。小春とは春のことではありません（陰暦十月）。小春日和とは秋のあたたかな天気のこと。春に「小春日和」って……ああ、批評の神様・小林秀雄先生でもこんな間違いを書くんだな、と微笑ましくなりました。

内容それ自体はシャープな文章です。

小林はヒトラーを「邪悪な天才」と評しました。先のバロックの著書『アドルフ・ヒトラー』を読み、「名著」と認め、たくさんのことを学んだと明かします。

バロックの分析によれば、国家の復興を願う国民的運動により、ヒットラーが政権を握ったというのは、伝説に過ぎない。（略）一番大事な鍵は、彼の政敵達、精神的な看板をかかげてはいるが、ぶつかってみれば、忽ち獣性を現した彼の政敵達との闇取引にあったのである。
人性は獣的であり、人生は争いである。そう、彼は確信した。

あの二十世紀最悪と言われるナチスの蛮行を、ヒトラーの人生観によるものとしています。すると、それはいかにしてつちかわれたのか？　件の伝記でヒトラーの青年期までの章（第一部第一章「形成期」）を読むと、正直、ちょっと愕然とします。

二十歳の浮浪者

十三歳で父親が、十八歳で母親が亡くなる。ヒトラーは孤児になります。母の生前、彼は故郷を捨て、ウィーンへと旅立ちました。運命を出し抜いてやる、ともかく〝相当なもの〟になってやろう――と野心を抱いて。画家になることを夢見て美術学校を受験します。が、ことごとく不合格。失意の日々を送ります。

一九〇九年から一九一三年までウィーンですごした四年間は、ヒトラー自身にいわせると、生涯で一番不幸な時期であった。同時に、この四年間は、さまざまな意味で最も重要な歳月であり、彼の性格と持論とが明瞭な形をとるにいたった形成期でもあった。

家もなければ、頼るものもない孤児の若者にとって「ウィーンは無職無一文のままいられるところではなかった」。遂にヒトラーは浮浪者にまで身を堕とします。三年間も浮浪者収容所ですごしたのでした。

友人はいなかったのか？　実は唯一、クビゼックという友達がいて、狭い部屋で同居していた時期があったそうです。音楽家をめざしていたこの友人にヒトラーは美術学校の入試に落ちたことを明かしませんでした。何度目かの受験に失敗すると、彼はこの部屋から姿を消します。「自尊心から、二度と友人に顔を合わせるに忍びなかったからであろう」と。

こうしてヒトラーは唯一の友人からも逃げ出した。まったく孤独な二十歳の浮浪者になりました。

三島由紀夫のヒトラー劇

バロックのヒトラー伝に影響を受けたのは小林秀雄だけではありません。今一人の文学者がいました。

三島由紀夫です。

三島はこの本を読んで、一編の戯曲を書きました。『わが友ヒットラー』――近年でも様々な演出家によって再演されている劇作家ミシマの代表作です。

舞台は一九三四年、ベルリン。ヒトラーは四十三歳でドイツの首相に昇りつめました。が、その上に大統領がいる。ヒンデンブルク大統領は高齢で病の床にあり、ヒトラーの全権掌握はもう目前です。

その時、彼が引き起こしたのが、いわゆる〝長いナイフの夜〟事件でした。

ナチスの内部にいる邪魔者たちを親衛隊の手で虐殺したのです。一夜にして数百人もが殺されました。

その代表が突撃隊長エレンスト・レームです。突撃隊はナチスの武力集団で、軍隊の十倍、およそ四百万人もの隊員がいた。軍はレームのならず者部隊を恐れます。

今一方の代表がグレゴール・シュトラッサー。ナチスの左派。いわゆる社会主義者です。

つまりヒトラーは右派と左派、両翼を同時に切り捨てました。

三島の舞台ではヒトラーを中心に、右にレーム、左にシュトラッサーを置いて、三人の対話で物語が進行します。虐殺の場面はありません。最終幕では既に粛清は終わっていて、レームもシュトラッサーも消えている。

舞台の中央に一人立ったヒトラーが最後のセリフを発します。

「政治は中道を行かなければなりません」

おや？　と思いました。ナチスといえば悪名高い独裁者の右翼集団ではなかったか？

三島自身がこう解説しています。

政治的法則として、全体主義体制確立のためには、ある時点で、国民の目をいったん「中道政治」の幻で瞞着せねばならない。（略）このためには、極右と極左を強引に切り捨てなければならない。（略）

この法則は洋の東西を問わぬはずであるが、日本では、左翼の弾圧をはじめてから二・二六事件の処断までほぼ十年かかった。（略）それをヒットラーは一晩でやってのけたのである。ここにヒットラーの仮借ない理知の怖ろしさがあり、政治的天才がある。

そういえば浅田彰氏が以下のような発言をしていました。

『わが友ヒットラー』で、ヒットラーが右も左も粛清する――とりわけあの戯曲の中で「ノスタルジアの軍隊」と呼ばれているレームの突撃隊を斬って捨てた後、「政治は中道をいかねばなりません」と大見得を切るわけですが、にもかかわらず三島自身がまったくレームの突撃隊と似たようなことをやっている（『天使が通る』）。

三島由紀夫は一九七〇年十一月、楯の会という私設軍隊のメンバーらと自衛隊総監室を占拠して、割腹自殺を遂げました。

『わが友ヒットラー』の末尾に記された脱稿日は一九六八年十月十三日とあります。調べてみると、楯の会の結成式は同じ年の十月五日――なんとほとんど同時期なんですね。

つまり三島は最初からレームの突撃隊を意図して楯の会を結成した。と同時に『わが友ヒットラー』を書いたのです。レームの末路を思えば、二年後の自決も折り込み済みだったに違いありません。

「ノスタルジアの軍隊」と共にレームの如く自滅すること――それを夢見ていたのでしょう。

三島由紀夫はヒトラーは嫌いだと告白しています。レームのほうに親しみを持っていた。

思えば、『わが友ヒットラー』の「わが友」とはレームの側の呼びかけなんですね。ヒトラーは客体にすぎず、あくまで殺されるレームのほうにこそ主体がある。

エレンスト・レームはヒトラーの軍隊時代からの古い友人でした。その友人をも彼は抹殺した。

アラン・バロックは粛清事件の末路をこう結んでいます。

「ナチ革命は、ついにここにいたってなしとげられ、ヒトラーはドイツの独裁者となったのである」

一九〇九年に唯一の友人から逃げ出した二十歳の浮浪者は、二十五年後、友人をも殺すことで国家の頂点に立ったのでした。

さみしさの独裁者

ヒトラーは驚くほど孤独な男です。

生まれる前に既に兄や姉を亡くしている。十代で両親を失い、孤児となる。妻も子もなく、ずっと独り身でした。愛人や部下はいましたが、心を許せる家族や仲間の姿はない。権力を得るため数少ない友人さえ殺した。友人を殺した男は、やがてユダヤ民族の大量虐殺へと向かうでしょう。

彼を駆り立てていたものとは何か？

「ナチズムとは組織や制度ではない。むしろ燃え上る欲望だ。その中核はヒットラーという人物の憎悪にある」と小林秀雄は喝破しました。

その憎悪は、若き日の彼の浮浪者時代に育まれたのでしょう。

「ウィーンは、わたしには、つらい道場であったが、これまでの人生において、最も深刻な教訓を与えてくれた」

そう告白した彼の手記がありました。

『我が闘争』です。

憎悪は、やがて闘争へと拡大してゆく。

「この闘争にあっては、強いほう、有能なもののほうが勝ち、無能な、弱いほうが負けるのだ。闘争は万物の父である」

ここにヒトラーの行動原理のすべてがあります。

これは木賃宿で生まれた自然哲学だとバロックは説きました。

実際、木賃宿の浮浪者だった頃に、若きヒトラーはこんな闘争の哲学を妄想し、肥大化させていたのに違いありません。

当時を彼自身が回想しています。

「非常に孤独な時期であった」、と。

いわば、その〝孤独〟こそが、後の〝二十世紀の怪物〟を育んだのでしょう。

〝さみしさの力〟が否定的に働くと、どんな恐ろしい独裁者を生み出すか？　世界を破壊しつくそうとする憎悪と闘争へと至るか？

アドルフ・ヒトラーの生涯は、その教訓を私たちに与えてくれます。

大正時代のスーパースター

今一人の人物を紹介させてください。

大杉栄。

日本を代表するアナーキストです。アナーキストとは何か？　一切の権力や強制を否定して、自由な社会を実現しようとする人。無政府主義者と訳されています。

「無政府主義者」の肩書で『広辞苑』に載っている日本人は、大杉栄ただ一人だそうです（浅羽通明著『アナーキズム』に拠る）。

いわゆる左翼活動家。革命家と言ってもいいでしょう。

一八八五年、香川県丸亀に生まれ、転居して新潟県新発田に育った。軍人の父を持ち、陸軍幼年学校に入るも、級友と決闘して放校。十七歳で上京すると、幸徳秋水・堺利彦ら社会主義者に師事。活動家の道へ。街頭で赤旗を振り廻す（赤旗事件）等で逮捕され、二十代前半に三年間も獄中ですごした。おかげで、大逆事件（天皇暗殺計画の容疑で幸徳以下、十二名が処刑された）の難を逃れる。

〈春三月　縊り残され　花に舞う〉

の句を詠んだ。

明治から大正へ。大杉栄は一躍、有名人となる。世を騒がせ、大衆を煽動し、著作は次々と発禁に。官憲ににらまれ、危険人物として常時、尾行の刑事がつく。パリに密航し、メーデーでフランス人らを挑発して、街頭暴動へ。逮捕され現地の新聞で大々的に報じられ、強制送還された。

なんともワールドワイドな男です。

大杉栄は大正時代のスーパースターでした。

ハンサムで、かっこよくて、頭がよくて、文章がうまい。行動力がある。

何より女にモテた。

奥さんがいるのに、ダダイスト辻潤の若き妻・伊藤野枝を略奪。さらに新聞記者・神近市子とも同時に交際。なんと四角関係、元祖・肉食系男子でした。

あげく痴情沙汰のもつれで葉山・日蔭茶屋にて市子に短刀で刺され、九死に一生を得る。大スキャンダルになりました。

大正十二年、関東大震災直後に憲兵大尉の甘粕正彦らに虐殺された。これは〝甘粕事件〟として近代史の年表にも記されています。

没年、三十八歳。

花火のような人生でした。

瀬戸内寂聴さんがその生涯を『美は乱調にあり』に書き、吉田喜重監督は映画『エロス＋虐殺』に撮った（大杉に細川俊之、伊藤野枝に岡田茉莉子が扮した）。

その後も演劇や漫画、小説等の登場人物として数多く描かれています。

実に華のある男でした。

この大杉栄を私は坂本龍馬と並べてみたいんですね。

龍馬は一八三五年生まれ。大杉は一八八五年生まれ。二人はジャスト五十歳差です。

龍馬が長生きしていたら、両者は充分に会えていた。二人の人生は交錯したかもしれません。

大杉が五十年早く生まれたら、幕末の志士になったろうし、龍馬が五十年遅くうまれたら、大正アナーキストになったに違いない。そんなふうにも思います。

二人とも三十代にして暗殺された。

龍馬が死んで明治維新となり、大杉が死んで昭和の世が明けた。志なかばで、新しい時代の先駆けとして逝った。両者は実によく似ています。

いわば〝挫折した革命家〟でした。

歴史上、長生きした成功者よりも、挫折した革命家を好きな人のほうが多い。家康よりも信長のほうがずっと人気です。

ましてや三十代で暗殺されたとなれば、悲劇的で、はかなくて、永遠に若い姿のまま人々の記憶に刻印される。

こんな男がいたのか！

大杉栄は私にとっても特別な人物でした。

彼を知ったのは十代半ばの頃。そう、家出して転がり込んだ千葉のアパートの一室で、ぎっしりの本棚にその本を見つけた。

大杉栄著『自叙伝・日本脱出記』。

岩波文庫の一冊でした。

これが面白かった。夢中になって読んだ。

文章が軽快で、テンポがよくて、破天荒な生き様に目を見張らされた。

こんな男がいたのか！

とても大正時代の人間とは思えない。親しくなった魅力的な年上の男に話しかけられたような気がした。

大杉が学校を放校になり、私と同じ年頃で上京したことに親しみを覚え、何より自由を求めるその生き方に共感しました。

おまえ、それでいいんだよ！

そんなふうに言ってもらったようで、うれしかった。大いに元気をもらいました。

その本は私のバイブルになった。気持ちをパッと明るくしたい時は、大杉栄の言葉を読むようになりました。

五十歳が近づいて、ふいに虚脱感に襲われた。今、思えば、あれはゆるやかな中年の精神的危機と言ったらいいでしょうか。

誰にも相談できない。

一人酒をあおる深夜、ふとある人の顔が思い浮かびました。

重松清さんです。

重松氏といえば、超のつくほどの売れっ子作家。二十一世紀最初の直木賞を受賞して、感動的な小説、秀作、問題作を次々と発表する——日本一の多忙作家とも言われています。

私より三歳下で、二十代の頃からの知り合いでした。

一九八五年、私は〝新人類の旗手〟と呼ばれた浮かれる若者で、重松氏は大学を卒業したばかりの新人編集者だった。

「し、し、新人類は……文学を恐れてる」

初対面でいきなり無礼な言葉を発した彼を、私は怒鳴りつけた。けれど後に親しくなりました。フリーライターに転身した氏と一緒に本も出した。

彼が売れっ子作家になって以後、めっきり会う機会も少なくなったけれど。

その夜、私は重松清さんにメールを送りました。

すぐに、

〈お久しぶりです、中森さん！　ぜひ、お会いしましょう〉

と返事が来た。

正月明け、彼がカンヅメになっているホテルを訪ねた。日本一の多忙作家が私のために時間を作ってくれました。

懐かしい顔が現れて、再会の言葉を交わし、ホテルのカフェでじっと私の話を聞いてくれたんです。

ふいに重松氏が口を開いた。

「中森さん、小説を書いてくださいよ」

不意打ちでした。二十代の頃にサブカルチャー的小説を二冊ほど出して、それっきりです。あれから二十年もたっている。けれど、重松さんはかつての私の小説を高く評価してくれたんですね。

小説……小説かあ。

なんだか目の前が明るくなったような気がしました。

大杉栄に会いたい

ほどなくして、ある夜、新宿のバーでたまたま文芸誌の編集長と隣り合わせる機会がありました。

「実は小説を書きたいと思っているんですよ。そうだな……アナーキスト大杉栄が現代によみがえるみたいなストーリーで」

酔いにまかせてそう口走ると、編集長の目が光った。

「ぜひ、それ、ウチで書いてください！」

てっきり呑み屋の冗談かと思った。

翌日、編集長からメールが届きました。

〈本気です！　秋までに三〇〇枚。よろしくお願いします!!〉

締め切りと原稿枚数まで指定されている。これは大変なことになった!?　その瞬間から、怒濤の苦闘の日々が始まりました。

結果的に言うと、二年の月日が費やされた。原稿枚数は七五〇枚に達して、五〇〇枚に削った。なんだか、もう必死でした。その間、この小説を完成させることしか考えられなかった。なんとかこれが世に出るまでは死にたくない――本気でそう思いました。

小説『アナーキー・イン・ザ・ＪＰ』は二〇一〇年四月に発表された。

ちょうど私が五十歳になった春でした。

掲載誌の『新潮』は創刊百年を超えるもっとも歴史ある文芸誌で、なんと大杉栄その人も寄稿しています。因縁を感じました。

学校へ行かなくなった十七歳の少年が、ある日、伝説のパンクバンド、セックス・ピストルズにハマり、今は亡きベーシスト、シド・ヴィシャスに会いたくなる。イタコに霊を呼び寄せてもらおうとしたら、間違えて大杉栄の霊が降りてきて、少年の脳内に棲みつく。百年の時を超えてよみがえるアナーキストの魂が、二十一世紀ニッポンを疾走する。

なんともナンセンスな物語です。

もちろん主人公の少年には大杉栄と出逢った十代の頃の私自身が投影されている。

この作品は三島由紀夫賞の候補にもなりました。

どうして、こんな小説を書いたんだろう?

今となって、はっきりとわかります。

私は大杉栄に会いたかったんですね。

大正時代に死んだ人間にも、小説の中でなら会える。そう思った。

実際、この作品を書いている時は、ずっと大杉栄その人の声が耳許ではっきりと聞こえているようでした。

おかげで私は五十歳の危機を乗り越えた。

涙を隠さない男

本当に久しぶりに大杉の『自叙伝・日本脱出記』を読んでみました。パリのメーデーでフランス人らを煽動して逮捕された。ラ・サンテ刑務所に収監された大杉が、日本に残してきた幼い娘に向けてメッセージを歌う、こんな場面があります。

魔子よ、魔子
パパは今
世界に名高い
パリの牢屋ラ・サンテに。

だが、魔子よ、心配するな
西洋料理の御馳走たべて
チョコレートなめて

葉巻スパスパソファの上に。

そしてこの
牢屋のおかげで
喜べ、魔子よ
パパはすぐ帰る。

おみやげどっさり、うんとこしょ
お菓子におべべにキスにキス
踊って待てよ
待てよ、魔子、魔子。

そして僕はその日一日、室の中をぶらぶらしながらこの歌のような文句を大きな声で歌って暮らした。そして妙なことには、別にちっとも悲しいことはなかったのだが、そうして歌っていると涙がほろほろと出てきた。声が慄《ふる》えて、とめどもなく涙が出てきた。

それから大杉栄は四ヶ月も生きなかった。日本に帰国して、関東大震災に遭い、パートナーの伊藤野枝とともに憲兵隊員らに虐殺された。先の文章は三十八歳の絶筆です。娘を想って異国の牢屋の中で歌い、ほろほろと涙を流した。「ちっとも悲しいことはなかった」のに、なぜ泣いたんだろう？

さみしかったからでしょうね。

さみしがり屋だったんだなあ、大杉栄は。

実際に泣いたことより、泣いたと堂々と書けるところがすごい。いい大人なのに。

大杉栄は、さみしくて泣く男だった。

そこに惹かれたんじゃないかな。さみしかった少年時代の私は。自由を求めて権力と闘うアナーキスト。不撓不屈の反逆者。世界を変えようとした革命家。いや、ただそれだけじゃない。

さみしくて、涙を流して、その涙を隠さない男。

だからこそ。

さみしい男・大杉栄はみんなに愛されたのでしょう。

スティーブ・ジョブズの死

大杉栄は現代で言うと、どんな人物だったんだろう。

スティーブ・ジョブズみたいな人だったんじゃないかな?

アップルの創業者にして、元CEO。二十歳にして自宅のガレージで仲間たちと起業、やがて世界一の会社にした。マッキントッシュを世に送り、パソコン時代を開幕。コンピューターを個人のものにした。一度は自らの会社を追われるが、あざやかに復権。二十一世紀最初の十年で、iPod、iPhone、iPadと、次々に革新的な製品を送り出して世界中の人々の生活を変えた。

二〇一一年十月、死去。没年五十六歳。

二十世紀後半のアメリカに生まれたもっとも偉大な人物の一人と言っていいでしょう。

バラク・オバマ大統領は以下のような弔辞を捧げた。

スティーブはアメリカが誇るイノベーターの一人だった。世界の多くの人々がスティーブが発明した機器によって彼の死を知ったという事実ほど、スティーブの成功を如実に物語るものはないのではないか。

世界中の人々がその死を悼みました。単なる一企業のトップではない。若くして伝説となった男。欠けたリンゴのアイコンとともに彼の面影は永遠になった。スティーブ・ジョブズはスーパースターでした。

一方、毀誉褒貶すさまじく、激しく彼を非難する人々もいる。気性が荒く、エキセントリックな言動で、たびたび世を騒がせた。

もとは悟りを求めてインドを旅するようなヒッピー青年でした。それが新時代を切り開くカリスマ経営者となる。ラフな格好で新製品発表会のステージに立ち、そのプレゼンテーションが人々を魅了した。

自由を愛し、特異なキャラクターで、世界を変えようとする伊達男――やはりどこかアナーキスト大杉栄を思わせます。

いや、それだけじゃない。

ジョブズもまた実によく泣く男でした。

妻を想って泣き、我が子らの行く末を心配して涙ぐみ、かつての仲間たちの思い出を語り大泣きする。自らの涙を隠さない。

ジョブズが死んで、すぐに世界中で同時発売された伝記には、そんな泣く男の姿が記されています。

がんに倒れ、死を悟った彼は、五十回ものインタビューに応じて最後のメッセージを遺しました。

それを読むと、ちょっと驚く。

泣くだけじゃない。すぐに怒る。キレる。

妻を仲間を想い大泣きする男が、他方、妊娠させた恋人を捨て、生まれた子供の認知もしない。かつての仲間を追いつめ、冷徹に切り捨て、声を荒げて全否定する。とても同じ人には見えない。この感情の振幅の激しさは、ただごとではありません。

いったい、どういうことでしょう。

その秘密は彼の生い立ちにありました。

捨てられた子供

ジョブズは生後すぐに養子に出された。未婚の母の子として生まれ、子供のいない夫婦のもとで育ちました。養父は高校中退の無学な男でしたが、エンジニアだった。幼い頃から父の仕事場で機械に触れていた。しかも、自宅はサンフランシスコで、後にシリコンバレーと呼ばれる最先端技術地域です。この環境こそがアップルの創業者を生んだと言っていいでしょう。

血はつながっていなかったけれど、養父母から愛されて育った。ジョブズも彼らを愛しました。

とはいえ産みの親に対するこだわりがなかったわけではない。成人してから調査会社に依頼して、その所在を探したりもしています。

産みの親に捨てられ、育ての親に愛された。それが彼の分裂した性格を創ったと、先の伝記は分析しています。

捨てられた。選ばれた。特別。このような観念はジョブズの血肉となり、自分自身のとらえ方に大きな影響を与えた。生まれたときに見限られたという思いは、傷となって残っているとジョブズに近い友人は感じている。

「なにかを作るとき、すべてをコントロールしようとするのは彼の個性そのもので、それは『生まれたときに捨てられた』という事実からくるものだと思う。環境をコントロールしたいと考えるし、製品は自分の延長だと感じているようだ」

なるほどジョブズの自社製品に対するこだわりは強烈で、ことにその美意識は異様なほどです。

がんに倒れ、瀕死の状態で手術を受ける時にも「酸素マスクのデザインが気に入らない」とそれを払いのけようとしたエピソードには唖然としました。

やはりこの人はどこかおかしいんですよ。ジョブズはウォルト・ディズニーをリスペクトしていました。自宅のガレージから出発して、若くして起業したことなど重なるところも多い。何よりディズニーのあの〝創造の狂気〟を受け継いでいます。

ジョブズもまた、親に捨てられた〝さみしい子供〟だった。捨てられた子供が、世界とつながろうとして、やがてマッキントッシュやｉＰｈｏｎｅ、ｉＰａｄといった情報通信機器を産みだした。

捨てられたことと、つながること。

ジョブズの生涯は、その二つの言葉で要約できそうです。

クレージーな人たち

彼は自ら創業した会社アップルからさえ捨てられた。それを取り返して、復権する場面はジョブズの人生の最大のクライマックスと言っていいでしょう。

アップルの代表に返り咲くと、すぐに彼は「シンク・ディファレント」と題するテレビCMを創りました。

これはごらんになった方も多いはずです。

モノクロームの映像で、アインシュタインやガンジー、ジョン・レノン、ピカソやエジソン、モハメッド・アリ、キング牧師、ヒッチコックなどが次々と出てくる。

そこに以下のようなナレーションが流れます。


クレージーな人たちがいる。反逆者、厄介者と呼ばれる人たち。四角い穴に丸い杭を打ち込むように、物事をまるで違う目で見る人たち。彼らは規則を嫌う。彼らは現状を肯定しない。彼らの言葉に心を打たれる人がいる。反対する人も、称賛する人もけなす人もいる。しかし、彼らを無視することは誰にもできない。なぜなら、彼らは物事を変えたからだ。彼らは人間を前進させた。彼らはクレージーと言われるが、私たちは天才だと思う。自分が世界を変えられると本気で信じる人たちこそが、本当に世界を変えているのだから。

まるでジョブズその人のことを言っているみたいです。

私はこの「クレージーな人たち」をちょっと言い換えてみたいんですね。

そう、「さみしい人たち」と。

彼らはみんな「さみしい人たち」だった。人一倍のさみしさをこうむってこの世界で生き抜いた。そのさみしさこそが、実は彼らを「クレージーな人たち」にしたのでしょう。

Stay hungry! Stay foolish!
（ハングリーであれ！　愚かであれ！）

ジョブズが残したもっとも有名な言葉です。

私はそれにこうつけ加えたい。

Stay lonesome!

（さみしくあれ！）

スティーブ・ジョブズも、ウォルト・ディズニーも、坂本龍馬も、大杉栄も……。

そう、

さみしい人たちこそが、世界を変えるのだから!!

第三章　芸能界は、さみしさの王国

芸能人とは何か？

「芸能人」とは不思議な言葉です。

それは職業名でしょうか？　すると、いったい何の仕事をする人なんだろう。

私はたくさんの芸能人と会う機会がありました。アイドル評論家の肩書で呼ばれています。

アイドルは歌がうまくないとよく言われる。ダンスだって、演技だって、もっとうまい人がいます。美人かと言われると、どうだろう？　美人じゃなくても、スタイル抜群じゃなくても、すごい人気の人がいる。

不思議ですね。アイドルって、いったい何の仕事をする人たちなんでしょう。

「好きになってもらう仕事」じゃないですか。

ファンはそのアイドルが好きだから、CDを買ったり、ライブへ行ったり、写真集を手にしたりする。アイドルに限らず、それは芸能人の全般に言えることでしょう。

私はと言えば、誰より早くそのアイドルを好きになる仕事をしています。

いわば、「好きのプロ」ですね。

全日本国民的美少女コンテストの審査員を務めたことがありました。第七回のその年は、一万五千人以上もの応募があった。最終審査のステージに二十人の少女たちが並びます。

審査会の合議で受賞者が選ばれる。グランプリや各賞が決定しました。ところが、私は納得しません。

とても気になる候補がいたんです。ひときわ小さい女の子でした。歌がうまいわけではない。演技が達者でもない。顔もスタイルも抜群とは言えない。

でも……。不思議な胸騒ぎを覚えました。

どう言ったらいいんだろう。

まるで道端に捨てられた子犬のような女の子でした。

「この娘は、このまま見捨ててはいけない。きっと一生後悔する。自分がなんとかしなければならない」

正直に言いましょう。

私は彼女が「好き」になっていたんです。

何らかの賞を彼女に与えるべきだと強く訴えました。ほとんどの審査員から賛同を得られませんでしたが。

ただ一人、まったく同意見の方がいた。コンテストを主催する芸能事務所オスカープロモーションの古賀誠一社長でした。

「いや〜、だけど表彰状もタスキの用意も、もう無いんだよなあ……」

「社長！　表彰状なんかいいじゃないですか。あの子を選ばなかったら、絶対に後悔しますよ!!」

急遽、審査員特別賞がもう一枠、もうけられることになります。

プレゼンターから名前が呼ばれました。驚いたような表情で女の子が立ち上がると、舞台の中央へと歩み寄ります。捨てられた子犬のようなあの少女でした。はじけるような笑顔です。

ああ、よかった。

きっと私はこの笑顔が見たかったんだ。

まばゆい光のステージの中心に、小さな女の子がぽつんと立っています。

十一歳の上戸彩でした。

欠点が魅力

日本の芸能界史上、もっとも傑出したアイドルは誰でしょう。

松田聖子だと思います。

一九八〇年春にデビューして、アイドルのモードを変えた。毀誉褒貶はげしいけれど、女性たちの生き方にも少なからぬ影響を与えました。

松田聖子の育ての親、芸能事務所サンミュージックの故・相澤秀禎会長にお話を聞く機会がありました。

「松田聖子はO脚なんですよ。でも、ミニスカートでデビューさせた。彼女が欠点を隠してロングスカートでデビューしたら、きっと売れなかったでしょうね」

なるほど！　と思いました。

つまり、アイドルとは、欠点が魅力なんです。短所が長所になっている。アバタもエクボ、という言い方があるけれど、いや、アバタがエクボ、いやいや、アバタこそエクボ、なんですね。

それが個性ということでしょう。目からうろこが落ちました。

美人でスタイルがよくて歌もうまくて――といった欠点のない芸能人があまり人気が出ないのもよくわかります。

芸能人の何が優れているか？　ではなくて、何が欠けているか？　に着目する。

そこに人気の秘密がある。

私はこれまでにたくさんの芸能人を取材してきました。そうして彼ら、彼女らに共通するところがあるのに気づいた。

実に複雑な家庭で育った人が多いんですよ。

端的に言って、片親。幼くして両親が離婚している。父や母が亡くなっている。親が再婚して血のつながらない兄弟姉妹がいる。義理の父や母に子供の頃からいじめられたり、虐待を受けた者も珍しくない。

精神的な飢え

ハングリー精神という言葉があります。貧しいから、がんばる。飢えているから、欲望が強い。成功したい。お金が欲しい。偉くなりたい。今より高い地位、豊かな生活をめざしたい。

人間にある基本的な原動力です。

とはいえ、今や飢えて死ぬような貧しい人は、もうこの国にはいないでしょう。経済的なハングリーではない。たとえば家族関係に恵まれない——といった精神的な飢えが浮上する。

芸能界は大変なところです。入ってみたら、見かけの華やかさと違って、とてもきびしい。縛りはきついし、毎日が激しい生存競争で、成功して生き残るのは至難の業。たいていの人は、すぐにやめてしまう。

そう、やめてしまうのが普通なんですよ。やめないとしたら、よほどの理由がある。たとえば、そう、ハングリー精神。お金じゃないんですね。精神的な飢えのようなもの。そこで片親の子供、複雑な家庭で育った娘といった話になるんです。

日本では、昔より離婚が多くなった。でも、まだ両親がそろっている子供が大多数でしょう。母の日があり、父の日がある。親の授業参観がある。テレビをつければ、ドラマやCMで家族だんらんのあたたかな風景が映し出される。それを見るたび、両親のそろっていない子供はどんな気持ちになるでしょう？

私自身が若くして父を亡くしています。ずっと母子家庭です。少なくとも、その気持ちのいくらかはわかると思います。

あるオーディションの審査会でのこと。主催の芸能プロダクションの社長さんが候補者の履歴書を見ていて、こういった。

「おっ、この子は片親だな。いいよ。片親の子はがんばるから見込みがある」

ちょっと驚きました。

とはいえ、実際は、片親や複雑な家庭で育った芸能人が多いというのも先に記したとおりです。

いわゆる両親のそろったごく普通の幸福な家庭に育つことはできなかった。金銭的なハングリーではない。精神的な飢えにずっとさいなまれていた。

つまり、それは……さみしいということです。

さみしい人が芸能界に入る。

どんなにつらくても、大変でも、やめない。ずっとそこで生き残る。なぜなら、帰る場所が無いから。

成功しても、お金持ちになっても、満足しない。決して。精神的な飢えは、充たされることはない。

そう。

さみしい人こそが芸能人になるんです！

異様に明るい少女

その女の子が現れると、場がパッと明るくなりました。カメラマンを前に、満面の笑みを浮かべた少女がスポットライトを浴びて跳びはねている。

すぐに、ああ、この娘は人気者になる！　と思った。

東京・四谷のスタジオです。アイドル雑誌の取材でした。

歌手デビューを控えたその少女と話すと、まったく物怖じせず、ハキハキと質問に答える。次々と愛らしく面白い言葉が飛び出してくる。すでに全身から人気アイドルのオーラを発しています。彼女の明るさは異様でした。

それでいて、ふと笑顔が止むと、さっと暗い影が射す。この影はアイドルとしての彼女の武器になる——そんなふうに私は直観しました。

一九八六年、秋のことです。

少女の名は、酒井法子。

十五歳でした。

酒井法子を知らない人はいないでしょう。のりピーと呼ばれ、またたく間に国民的人気者になった。結婚して、子供を産み、ママドルとなって、二十数年間もトップアイドルの座にいました。そんな存在は実に稀です。

ところが、ある日、突然、地に落ちた。

二〇〇九年、夏のこと。

彼女の夫が渋谷の路上で警官に尋問を受け、違法薬物所持の現行犯で逮捕される。駆けつけた酒井法子も同行を求められたが、その場から立ち去り、行方をくらましました。家宅捜索で薬物が発見され、指名手配を受けて、大騒ぎとなる。連日、テレビのニュースやワイドショーは独占されました。逮捕から裁判に至る大騒動はいまだに記憶に新しいでしょう。

正直、ちっぽけな事件です。

違法薬物で逮捕される芸能人なんて珍しくない。では、なぜあれほど大騒ぎしたんだろう？　まさか、あののりピーがこんなことを……。そのギャップによる意外性の驚きじゃないですか。

酒井法子とは何者か？

しかし、今、私は訊いてみたいんです。

酒井法子とは、いったい何者なのか？

歌手？

じゃあ、あなたは『碧いうさぎ』以外の彼女の歌を知っていますか？

女優？

『ひとつ屋根の下』『星の金貨』以外のドラマを覚えていますか？

そうでした。誰もが知る彼女のヒット曲は『碧いうさぎ』しかない。紅白歌合戦に出場したのも一度きり。女優としての業績も乏しいもの。

歌手でも、女優でもない。すると、何なのか？

それこそ〝芸能人〟であり、〝アイドル〟なんでしょう。

職業＝のりピー、と言えるかもしれない。事件の年、私はある雑誌に酒井法子についてのレポートを書きました。彼女をもっともよく知る人物に取材したんです。

相澤秀禎氏――そう、先に記した松田聖子の育ての親ですね。松田聖子と同様、酒井法子もまた十四歳の時から相澤会長宅に下宿して、育てられました。

それにしてもサンミュージックという芸能プロダクションはすごい。松田聖子や酒井法子だけではない。千葉県知事の森田健作がいる。合同結婚式の桜田淳子がいる。元子役の安達祐実もそう。さらには所属事務所のビルの屋上から投身自殺を遂げた岡田有希子もいました。

サン（太陽）には黒点があるという。スキャンダルという黒点もまた輝きに変えてしまう芸能プロ——それが私の〝サンミュージック論〟でした。

会長室にお邪魔すると、壁には女の子の写真が笑っています。

故・岡田有希子でした。

「Ｔｏ　のりっぺｋｕｎ」の添え書きと「１９８６．４．５」の日付の直筆サイン入り。なんと死の三日前、酒井法子に宛てたものでした。

これには驚いた。

相澤会長が語ります。

「有希子が亡くなる三日前に、我が家に遊びに来て、写真にサインしてくれました。法子は大喜びでね。彼女は有希子がいた部屋に、入れ違うようにして入居していたんですよ」

岡田有希子は酒井法子をかわいがり、後継者として認めていたという。

因縁を感じました。

相澤会長の子息・正久社長にも取材に同席していただいた。酒井法子をコンテストで見初めたのは、正久氏だったんです。お二方とも当時は事件のことで世間から激しいバッシングを受け、痛々しかった。しかし、私は事件について訊こうとしたのではありません。

そう、酒井法子とは何者なのか？

それが知りたかった。

のりピーの〝秘密〟

のりピーの生い立ちについては、事件後、盛んに報じられました。福岡に生まれ、二歳で両親が離婚、その後、実の母は行方知れずとなる。埼玉の伯母のもとで育ち、父が再婚して福岡へ戻った。暴力団員だった父、逮捕歴のある弟。その父親も交通事故で亡くなる。十八歳にして、なんと彼女は身なし子になりました。

複雑な家庭に育った者が芸能人になる――酒井法子こそその代表と言っていいでしょう。

デビュー当時、私が接した笑顔の少女にふいに射した暗い影。その由縁が彼女の生い立ちを知って、ようやくわかったような気がしました。

「中森さん、実は法子のことで一つ不思議なことがあるんですよ」

相澤秀禎会長が身を乗り出します。

「あの子は幼い時に母親に捨てられ、里子に出された。二人の継母を転々とした。父親はヤクザだったという。相当につらかったと思うんです。でも、そのつらさをまったく出さない。自分を捨てた母親も、父親のことも、絶対に悪く言わないんです」

正久社長がそれを受けます。

「あの子は人の悪口を言わない……いや、言えないんですよ」

――一度もですか？

「ええ、法子が誰かの悪口を言うのを聞いたことがない」

初めて耳にする話でした。

「僕は、法子が中学・高校の時に彼女の家庭教師までやったぐらいですから、あの子のことはよくわかっているつもりです」

正久氏は続けます。

「彼女は自分が生きていくためには、まず、〝いい子〟に見られなければならない、と非常に深く思っているんですよ。常に目の前の相手を気にして、その人に気に入られるように全力でがんばるというか」

――つまり、それは〝いい子〟を演じるわけですか？

「いや、演じるんじゃない。その……本能的にというか」

本能的？　私は耳を疑いました。すると、それはなんと悲しい……いや、さみしい〝本能〟なんでしょう。

周囲や目の前の相手に気に入られなければ、生きてはいけない――そんな幼い日の彼女の過酷な環境が目に浮かびます。

「だからファンやスタッフの受けもすごくいいんです」

なるほど、アイドル酒井法子の人気の秘密がわかったような気がしました。彼女は本能的に、全力で周りや目の前の相手に気に入られようとする。それは、なんとアイドルという仕事に向いていたことか。

「ところが、じゃあ自分のことはどうなんだってなった時に、そこがどうもおざなりになってしまう。僕は今回の事件でも、その問題があったと思うんですよ。法子自身が、自分から覚醒剤に手を出したとは思えない。だけど、自分のもっとも近しい存在——旦那から勧められたら、どうだったろうか、と」

正久氏は声をひそめます。

なるほど、周囲の望む存在になりきろうとする酒井法子の特性を考えれば、その時、誰が彼女のそばにいたかが重要な問題になってくる。

相澤会長の涙

アイドル酒井法子がもっとも輝いていた時、それは有名脚本家との熱愛が明らかになった頃でした。『ひとつ屋根の下』『星の金貨』という彼女のドラマの代表作は、件の脚本家の手によるもの。唯一のヒット曲『碧いうさぎ』もその主題歌でした（それらのドラマで演じた親に捨てられた孤児という役柄は、実際の酒井法子そのものではないですか！）。

そうして件の脚本家との恋が破局した時、彼女の前に現れたのは……そう、薬物を使用する自称プロサーファーだった……。

あっ！　と思いました。

私は大変な勘違いをしていたのではないか？　十五歳の酒井法子と会った時、彼女の顔に、さっと暗い影が射した――そう思い込んでいた。

いや、違う。

あの時、彼女はからっぽの瞳をしていたのだ、と。酒井法子には「自分」がない。からっぽだった。からっぽになることでしか生きてはこられなかった。

そんな切実なからっぽを、私たちはアイドルと呼んでいたのではないか？

酒井法子が保釈された時、日本中が見た謝罪会見、あの日の彼女はひときわ美しかった。もしかしたら、芸能人・酒井法子の最高のパフォーマンスだったかもしれない。しかし、きっとそれは一人の少女が自らをからっぽにすることを代償にして生きてきたことの結末ではないか？

「それは違います！」

正久氏が猛然と反論します。

「あの謝罪会見はパフォーマンスじゃない。あの時、彼女が流した涙は決して嘘じゃないと僕は思います。応援したファンに心から詫びていた……」

声をつまらせました。あふれ出す感情をなんとか抑えられているようです。

「……あのね、岡田有希子が自殺した時、法子は十五歳でした。事務所のビルの前に大勢のファンが集まってきて、みんな泣いていた。その光景を二階の窓から見て、法子は言ったんです。『アイドルって、みんなを幸せにしなきゃいけないのに、不幸にするようなことをしちゃいけないんですよね。夢を与える仕事なんだから、夢を壊しちゃいけないんですね』……そう言って、泣きながらね。あの日の涙は、彼女の本当の涙ですよ！」

秀禎氏が口を開きます。

「彼女がやったことは、決して許されません。事務所としては解雇せざるをえない。でもね……法子が我が家にやってきたのは、十四歳のことです。同居したタレントでは一番長く一緒にいた。それから二十四年間ですよ。彼女の父親が亡くなった時、本当に、これから自分が父親代わりになろうと思った。甘いと言われるかもしれない。だけど、どんな悪い子でも、親なら『うちの子は、いい子だよ』って言いますよね……」

秀禎氏の目が潤んでいます。正久氏も同様でした。深く、深くうなずいています。

ああ、愛されていたんだなあ、のりピーは……。

相澤会長が亡くなったのは、それから三年後のことでした。私はあの日の会長の涙が忘れられません。

酒井法子とは何者なのか？

彼女こそ、もっともさみしく、もっとも愛されたアイドルなのでしょう。

存在そのものが悲しい

撮影スタジオへ行くと、やがてラフなシャツ姿の青年が入ってきた。甘いマスクで、意外と体格がいい。鍛え抜かれた肉体がシャツの上からでも見て取れます。その上に柔和な笑顔があった。

背中合わせで写真を撮られ、対談が始まります。相手はまだ二十代の俳優——彼の魅力を私が探る、という企画でした。件の男優の出演したドラマや映画のビデオをたくさん観た。インタビューや取材記事を読み込み、臨みました。

「あなたは……悲しい」

私がそう言うと、彼は怪訝《けげん》な顔になる。

「それが魅力だと僕は思う。たとえばドラマに出ている姿を見ると、悲しくなる。ストーリーとは関係なく。なんだか切なくなる。あなたは存在そのものが悲しいんですよ」

それを聞いて、しばし思案顔になった彼は口を開きます。

「中森先生は言葉の力を使って表現されるのが仕事です。僕は自分の体を使って、自分の存在で表現します。そういう僕にとって、今のお話は……最高のホメ言葉ですね」

まっすぐ私の瞳を見つめて、そう応えました。いや、気圧された。こんな瞳で見つめられたことはありません。私にホモセクシャルの気はないけれど、それでもドキドキした。

　圧倒されました。

　そう、パク・ヨンハの瞳には……。

〝死の影〟

　パク・ヨンハはご存じでしょう。

　韓流ブームの火つけ役となったドラマ『冬のソナタ』にペ・ヨンジュンの恋敵として出演していた。〝冬ソナ〟は社会現象ともなる大ヒットを記録して、パク・ヨンハは日本でも爆発的人気を得ました。

　それが、まさかあんなことになるなんて……。

　今、彼と私の対談記事を読み返すと、不思議な感慨に襲われます（「女性自身」二〇〇六年三月十四日号）。

中森　犬を飼われていますが、犬のほうが自分より先に死ぬことが「悲しい」とは考えませんか？

パク　考えません……いや、考えないようにしてるっていうか。

（略）

中森　カーレースがお好きとか。死と隣り合わせの競技だという危険を感じられたりしませんか？

パク　いや、単純にストレス解消できるんですよ。運転するのも好きだし、スピードが速いのも好き。

すると、ハッと何かを察したかのような様子で、彼は語り始めました。

パク　……（中森）先生がお話しする「死」とか「危険」とか、たまに考えることがあるんです。自分の犬を見ていて、こいつがいなくなったら悲しいだろうなとか。レースは危険だし、もしかしたら事故に遭って身体不随になるかもしれないとか。ときどき考えます。人や物は永遠ではない。だから悲しいんだと思う。ただ、そう思ってしまったら、そこで止まってしまう。生きてはいけません。たとえ悲しいと思っても、一瞬、思うだけにするんです。

中森　さすがですね。私が言いたいことをよくわかってらっしゃる。

そうでした。私は彼に〝死の影〟を見ていたんです。それこそが、パク・ヨンハの魅力の秘密ではないか、と。

何のために命を懸けるか？

中森　本当のスター、若くして脚光を浴びた特別な星には、どこか「危険」な魅力や「死」の匂いを感じます。実際、ジェームズ・ディーンや赤木圭一郎は自動車事故で亡くなった。今、目がくらむほど輝いていて、次の瞬間には消えてしまうかもしれない……そんな、はかない美しさこそが、私たちを「萌えさせてくれる」のじゃないか、と。

パク　ええ、わかります。

中森　もちろん、パクさんには長生きしていただきたいんですが。
パク　気をつけまーす（笑）。

今、この（笑）の表記と共に発せられた彼の言葉を読むと、実に複雑な気持ちに陥ります。

私はパク・ヨンハに最後の質問をしました。

中森　もし、自分が命を懸けるとしたら、何のために懸けますか？
パク　命を懸ける？　まず、そんな状況にならないことを望みます（笑）。もし、そういう状況になったら、やっぱり愛する人、そう、家族かもしれないし、好きな女性かもしれないし、愛する人のために命を懸けたいと思いますね。

決然とした瞳をして、そう言いました。
「ハハハ、僕は生きてるのってすごく楽しいと思ってますよ！」

最後にそう言うと、とびきりの笑顔を浮かべて去っていったパク・ヨンハ。彼の人生は、それからわずか四年ほどしか残されていませんでした。

二〇一〇年六月三十日、早朝——。

ソウル市内の自宅で、電源コードで首を吊っていた彼の遺体が発見された。享年、三十二。

衝撃的なその死のニュースが報じられると、騒然となりました。

自死の原因は不明です。最愛の父が末期がんに侵され、看病の末、相当に憔悴《しょうすい》しきっていたとも伝えられました。

「愛する人のために命を懸けます」

そんな彼の言葉が、くっきりとよみがえってきました。

預言者をきどるわけではありません。

とはいえ、私には他の人が見えない何かが見える。誰より早く見える。新人アイドルを発掘したり、芸能人の魅力を探る文章を書いたりする仕事を長年、続けてきたからかもしれない。職業上、得られた勘のような——。

実際、パク・ヨンハとの対談は物議をかもしました。当時、彼に〝死の影〟を見ていた人は、そう多くなかったかもしれない。

私自身、愕然としています。

そう、パク・ヨンハは伝説になった。

ジェームズ・ディーンや赤木圭一郎のように。

だけど……。

正直、伝説になんかなってほしくなかった。

私が今まで逢った中で、もっとも色っぽく、魅力的な男。存在そのものが悲しい、その笑顔が見る者を切なくさせる、あの美しい青年が一分、一秒でも長くこの世界に生きていてほしかった。

心の底から、そう思っています――。

美空ひばりと山口百恵

芸能界には女王が似合う。かつて不死鳥のような衣装で歌った美空ひばりの姿が思い浮かびます。美空ひばりは戦後最高のスターだった。けれど、あれほどさみしい人もいません。

小林旭との短い結婚生活が破綻して、その後、生涯独身を貫いた。一卵性親子と呼ばれた母を亡くし、弟にも先立たれた。たった一人で歌い続けました。

山口百恵が引退する直前に「月刊プレイボーイ」で筑紫哲也氏のインタビューを受けました。美空ひばりに似ているのではないか？　そう問われて、彼女は答えています。

はっきり言って、似ていてほしくないですね。私はあんまり好きじゃない——というと非常に失礼ですけどね。たとえ仕事をしていてもしていなくても、あそこまで孤独になってしまいたくない。

痛烈な言葉です。それが芸能人・山口百恵の最後のメッセージとなりました。三浦友和と結婚して引退、専業主婦となり、二度と芸能界に復帰することはありません。

山口百恵は私生児として生まれた。貧しい母子家庭に育った。白いギターが欲しくて新聞配達をしたという。自分を捨てた父を憎んだ。衝撃的な彼女の自伝『蒼い時』は大ベストセラーになりました。

さみしい女の子が芸能界で脚光を浴びた。愛する人と出逢って、結ばれた。決してこの幸福は離さない。芸能界を辞めても。

そんな山口百恵にとって、絶対になりたくないものこそ――美空ひばりの〝孤独〟でした。

たしかに山口百恵は美空ひばりと似ています。ともに孤独だった。さみしかった。

この二人の女王の生き方は、対照的なようでいて、実はさみしさの二つの現れ方のようにも見えます。

ユーミンの〝孤独〟

私は何人かの芸能界の女王を取材する機会にめぐまれました。

一九九〇年代初頭のこと。

松任谷由実に会った。

「月刊カドカワ」という雑誌の巻頭インタビューでした（一九九一年一月号）。

当時、ユーミンの人気は絶頂期で、取材時に発売したアルバム『天国のドア』は二百万枚突破の大ヒット、ラブソングの女王とも呼ばれていました。

あんなにきらびやかに輝いて、自信満々の女性アーティストには会ったことがない。私が投げるきびしいコースの問いを、ことごとくクリーンヒットで打ち返されたような気がしました。

まさに女王の称号がふさわしかった。

「私の歌が売れなくなるとしたら、まあたとえば株価が暴落する時、日本経済がダメになる頃かもしれないわね」

冗談っぽくそう言うと、ユーミンは笑いました。時あたかも、それは爛熟したバブル経済が今にもはじけようとするその頃でしたが……。

「スターの条件って何だと思いますか？」

私が問うと、ふいにユーミンの笑いが止んだ。どこか遠くを見るような表情です。

「そうね……孤独だってことかしら。ほら、人気ってのは人の気なのよ。孤独がきっとそれを引きつけるのよね」

そう口にした時、実にさみしそうでした。そう、彼女自身が。

ああ、この人は孤独なんだ。だから、スターだ。だからこそ、人気者なんだな。はっきりとわかりました。

しかし、私はそのくだりをインタビュー原稿から削除しました。なぜでしょう？ 自信満々の女王の内にある孤独な少女――その姿を見たようで、これではユーミン神話を傷つけてしまう、そう思ったのかもしれません。

それでも、あなたは歌いますか？

同じ年、中島みゆきを取材しました（「月刊カドカワ」一九九一年十一月号）。

ユーミンと中島みゆき――二人は長らく二大女王とも呼ばれていた。よきライバルですが、その歌の世界はまったく対照的ですね。

中島みゆきはインタビュアー泣かせで有名です。訊き手の質問にまともに答えない。はぐらかす。知らん顔する。ジョークなのか本気なのかわからない。

どこかインタビュアーの力量を試しているようで。いや、たまりません。これでまともな記事になるんだろうか？　同席していた編集者たちもハラハラしているようでした。私はインタビューする時、一つだけ、これぞという質問を用意していきます。その切り札をぶつけることにしました。

――もし、地球上に自分一人しかいなくなったら……それでも、あなたは歌いますか？

彼女の顔色が変わりました。恐いぐらい神妙な表情になって、しばし、じっと思案しています。

それから口を開いた。

もし地球上に自分一人しかいなくなったら？……そしたら、しょうがないから地球の外へ向かって歌うんですね（笑）。いますよ。目に見えないというだけでしょう？

います。必ず誰かいる。その目に見えない人に対して歌う。受信するものがあると信じて。ボイジャーみたいなものですよ。受けてくれるところがあるまで真空の中を飛んでいくしかない。ボイジャーは受け止めてもらわない限り永遠に飛び続けるんでしょう？

すごい！　さすがだな、と思いました。よかった。この答えが聞けて。中島みゆきから、こんなすごい言葉を引き出せて、私はうれしかった。

中島みゆきからの返答

それから二年が過ぎました。

風呂上がりに缶ビールを呑みながら、テレビをつけるとニュース番組が終わるところでした。キャスターが語っている。

「今日からエンディングの曲が変わります。中島みゆきさんが番組のために作ってくれました」

『最後の女神』というテロップが浮かんだ。続いて、歌声が流れます。
〈〽いちばん最後に見た夢だけを
人は覚えているのだろう〉
思わず坐り直して、聴き入りました。

言葉にならないSOSの波
受けとめてくれる人がいるだろうか

あぁ　あれは最後の女神
まぎれもなく君を待ってる
あぁ　たとえ最後のロケットが
君を残し　地球を捨てても
（略）
あぁ　あれは最後の女神

天使たちが歌いやめても
あぁ　あれは最後の女神
まぎれもなく君を待ってる

これは……あの時の答えだ！
すぐにわかりました。
――もし、地球上に自分一人しかいなくなったら……それでも、あなたは歌いますか？
「最後の女神」になること――それが彼女の回答だったのでしょう。
中島みゆきは二年間もかけて、私の問いに対する答えを歌にしてくれた。
熱いものが込み上げてきました。
身がふるえた。
知らずと、私は涙を流していました。

若き日の谷川俊太郎に『二十億光年の孤独』という詩がありました。

万有引力とは
ひき合う孤独の力である

それは天体のみに働く力ではない。
スターという人間の形をした星——その〝さみしさの力〟のことでもあるのでしょう。

第四章　さみしさの哲学

モンテーニュの孤独観

さみしさの哲学というと、すぐにモンテーニュが思い浮かびます。十六世紀、ルネサンス期のフランスを代表する哲学者。『エセー（随想録）』から「孤独について」の章を引いてみましょう。

孤独の目的はただ一つ、すなわち、もっと悠々と安楽に生きることであると思う。

われわれ自身を隔離し、自己を取り戻さなければならない。

われわれは街のまんなかでも、宮廷のまんなかでも、孤独を楽しむことができる。けれども、ひとり離れているほうがずっと気持よく孤独を楽しむことができる。

これはまた、なんともポジティブな孤独観です。「孤独を楽しむ」と平然と言う。モンテーニュは孤独を愛しました。裕福な家に生まれ、法学を学んで、法官となった。三十七歳で職を辞すると、シャトー（モンテーニュ城）に暮らす。邸宅の片隅にある塔にこもり、本を読み、思索を続け、やがてそこで亡くなりました。

〝モンテーニュの塔〟の写真を見たことがあります。うすぼけた灰色の小さな建物で、さながら独居房のよう。こんなさみしいところに二十年も引きこもって、モンテーニュは『エセー』を書きました。

『エセー』は、今日のエッセイの元祖です。古今の膨大な書物から引用して、独自の思索を重ね、人間の生き方を説きました。教育や学問、愛情や経験、老い、死について等、さまざまなことを。名言や金言の宝庫です。結婚式でモンテーニュの言葉を引いて、祝辞を送る年配の方がよくいたりもしますね。

孤独の中で、おまえ自身がおまえのために世間になれ。

ティブルスのこの言葉を引いて「きみたち自身の中に引っこみ給え」と説きます。モンテーニュこそ元祖〝引きこもり〟だったかもしれません。

とはいえ、ただずっと引きこもっていたわけではない。腎臓結石の治療のためフランスやドイツ、イタリアへと温泉めぐりの旅に出ています。故郷のボルドー市から市長に選出されて、二期四年の職を立派に務め上げました。いわゆる〝引きこもり〟とは違う。社交性や政治力、統治能力に優れ、いざとなれば行動力だって抜群。その上で、塔に引きこもり、晩年まで思索や執筆を続けました。

われわれはできれば、妻も、子供も、財産も、そしてとくに、健康も、持つべきである。だが、われわれの幸福がただそれだけに左右されるほどに縛られてはならない。

実際、モンテーニュは妻を持ち、子供に恵まれました。生涯、裕福だった。その上で、塔に引きこもったんです。

そのためには、完全に自分自身の、まったく自由な店裏の部屋を一つ取っておいて、そこに自分の真の自由と唯一の隠遁と孤独を打ち樹てることができるようにしなければならない。その部屋で常にわれわれ自身と話し合い、外からの交際が一切はいってこないような私的な話をしなければならない。あたかも、妻も、子供も、財産も、お供も、召使たちもないかのように、話したり、笑ったりしなければならない。

これは相当な変人ですよ！　でも、この変人がデカルトやパスカルらに影響を与え、近代哲学の偉大な創始者となったこともまた事実です。

ふと面白いことに気づきました。『エセー』には「むなしさについて」という章はあるけれど、「さみしさ」の章はありません。「孤独について」の章にも「さみしい」という言葉はまったく出てこない。モンテーニュはさみしくなかったのでしょうか？　いや、彼にあってはさみしさの力は前提で、もはや言葉にする必要さえなかった。そのもっともポジティブな表れが〝孤独〟だということでしょう。

われわれの心は自己を友とすることができる。

モンテーニュのさみしさの哲学の至言であると思います。

中二病・ルソー

僕はモンテーニュと同じ企てをすることになるが、目的は彼のとまったく反対だ。

そう書いたのは『孤独な散歩者の夢想』のルソーです。

なぜかとなれば、彼はその「随想録」を他人のためにのみ書いたのに、僕は自分の「夢想」を自分のためにしか書かないからである。

これはまた徹底している。同書はルソーが六十代半ばで亡くなるその寸前に書かれた、いわば遺書でした。ジャン＝ジャック・ルソーは十八世紀ヨーロッパの大哲学者です。そんな彼が最晩年には世俗を離れ、自らの生涯を省みて、この本を書きました。

要するに、僕は地上でただの一人きりになってしまった。

そう書き始められます。

もはや、兄弟もなければ隣人もなく、友人もなければ社会もなく、ただ自分一個があるのみだ。およそ人間のうちで最も社交的であり、最も人なつこい男が、全員一致で仲間はずれにされたのである。

なんとも怨みがましい独白です。

どういう苦しめ方が僕の敏感な魂に最も残酷であるかと、彼らはその憎悪の極をつくして考えめぐらしたのだ。そのあげくが、僕と彼らを結ぶ羈絆をことごとく理不尽にも絶ち切ったのである。

冒頭から延々とこの調子で続きます。青柳瑞穂訳の新潮文庫版で読みました。若い頃、読んだ時はなんだか小難しくて辛気臭い印象があった。それがこの歳になって再読したら、ずいぶんと印象が違います。

自分を仲間はずれにした連中や世間を呪い、さんざん悪態をつきながら散歩中、ルソーはいきなり前から突進してきた犬に襲いかかられます。

そのとき僕がとっさに思ったことは、地面に倒されないためには、自分が高く跳ねあがるにかぎるということだった。僕が空中にある間に、犬は僕の下を通りぬけるという寸法だ。（略）それっきり、正気にかえる瞬間までは、自分が打撲を受けたことも、倒れたことも、その後のことも、何一つ覚えがなかった。

「意識を回復したときには、ほとんど夜になっていた」そうです。ルソーは犬に飛びかられ、前のめりに倒されてしまった。「そのはずみに、全身の重みがかかって、上顎を凸凹の激しい舗石に打ちつけたのである」。

バカです（笑）。いや、大爆笑しました。

思わず、考え事しながら歩いているからだよ、ルソちん！　とつっこんじまった。

そうなんです、この本はつっこみどころ満載なんですよ。

傷だらけのルソーは帰宅します。

僕を見たときの妻の叫び声……

なんだ、奥さん、いるじゃん!?「地上でただの一人きりになってしまった」なんて、おいおい、ちっとも〝孤独〟じゃないよ。

モンテーニュも変人でしたが、ルソーは相当にヤバい奴です。愛人の女中に五人も子供を産ませ、なんと全員孤児院送りにしたというんですから。

これだけのことで、僕は残忍な父親にされてしまったのだ。

充分残忍だよ！

僕より実際に悪いことをしない人間が世界に一人でもあろうとは思えないくらいだ。

ウソつけ⁉

本の余白がつっこみの書き込みでいっぱいになってしまいました。ルソーという人は、今だとツイッターやブログで自己中な妄言を吐いて、大炎上してしまうタイプですね。いわゆる中二病、死ぬ寸前の六十代半ばで——いったい何十年、中二なんだか……。

この本のシメのあたりにこうあります。

僕はお母さん（注）にすすめて、田舎へ行って暮すことにしたのだった。

訳注〈ワランス夫人をルソーはこう呼んでいた〉

マザコンかい⁉
訳者の青柳瑞穂センセー、ナイスつっこみです。
もちろんルソーが偉大な哲学者だったことは間違いありません。とはいえ、これはつっこみながら大笑いできる傑作本ですね。イッセー尾形あたりが一人芝居にしたら、爆笑必至でしょう。

沖仲仕の哲学者・ホッファー
モンテーニュは後世に多大な影響を与えましたが、その後継者の一人が、エリック・ホッファーです。

この人の人生は、すごいですよ。

一九〇二年、ニューヨーク生まれ。七歳で母が死に、突如、視力を失う。幼少期を盲目で過ごした。十五歳で回復するが、その三年後に父が亡くなり、天涯孤独に。ホームレスとなって、放浪。自殺未遂。サンフランシスコにたどり着き、港湾労働者となる。一度も正規の学校教育を受けていない。図書館に通い、独学で猛勉強。五十歳近くで初の著書を出版した。その後も六十五歳まで港湾労働を続けながら、著作を発表。〝沖仲仕の哲学者〟と呼ばれた。

いや〜、こんな人がいたんですね！

家もなく季節労働で放浪していた三十代半ばの頃、ホッファーは砂金採掘のため山に登ります。雪に閉じ込められるんじゃないか？　なんでもいいから分厚いのをと、一ドルで千ページもある本を買った。それがモンテーニュの『エセー』でした。予想通り雪に閉じ込められ、山小屋で何回も繰り返してその本を読んだ。もうほとんど暗記してしまうほどだったそうです。

『エセー』は何百年も前のフランス貴族が自身のことを綴った本だが、読むたびに私のことが書かれている気がしたし、どのページにも私がいた。モンテーニュは私の考えの根底にあるものを熟知している（『エリック・ホッファー自伝』）。

山を降りたホッファーは「モンテーニュの引用なしには口を開けなくなっていた」そうです。季節労働の仲間たちは、何かの議論になると「モンテーニュは、何て言ってるんだい」と訊く。そのつど彼は答える。今でも、そのあたりの季節労働者で「モンテーニュの言葉を口にしている者がいても、私は決して驚きはしない」と言っています。面白いですね。

ホッファーの著作は、ほとんどが肉体労働をしながら書いた日記か、断章形式のアフォリズム集です。モンテーニュの『エセー』に決定的な影響を受けている。

一九七五年三月二十四日の日記（『安息日の前に』）の一節を引いてみましょう。

ポール・ヴァレリーによれば、近代以降、征服した国を五十年以上維持できた大国は一つもないらしい。もしこれが本当なら、ロシア審判の日は一九九〇年代に訪れるだろう。

これは驚きです！　ソビエト連邦は一九九一年に崩壊しました。なんと十六年も前にぴたりと予言していたなんて。

その結末を見ることなく一九八三年にホッファーは亡くなっています。享年八十。生涯、妻も子供も持たなかった。たった一人、肉体労働を続け、日々思索した。なんとも孤独な一生です。

すべてに満たされたフランス貴族のモンテーニュとは、まったく違う。

ただ一点、孤独に思索する――ということのみにおいて両者はつながっていたのだと思います。ホッファーはさみしくなかったのでしょうか？　彼の自伝を読むと、視力を失っていた九歳の時、父親とコンサート・ホールへベートーヴェンの交響曲を聴きに行く場面が出てきます。父はクラシックを愛していた。

「ベートーヴェンが聴力を失ってから作曲した第九は、神聖なメロディーが織りなすタペストリーだ」と言いながら、しばしばその曲を口ずさんでいた。とくに第三楽章は壮大だとも語っていた。コンサートがどれくらい続いたのかおぼえていないが、第九の第三楽章が演奏されているときのことだ。父が私の腕をぎゅっとつかみ、私は翼が生えたように気分が昂揚した。

後に視力が戻って世の中に出てから、寂しいときや落ち込んだときには、気がつくといつも第九の第三楽章を口ずさんでいた。

おそらく、その楽の音は生涯、ホッファーの内で鳴り続けていたに違いありません。

祖国を追われたツヴァイク

モンテーニュの影響を受けた今一人の知識人を紹介しましょう。

シュテファン・ツヴァイクです。

ツヴァイクは一八八一年、オーストリアのウィーン生まれ。両親ともユダヤ系の裕福な家庭で育ちました。若くして才能を発揮、十九歳で最初の詩集を出版。作家、劇作家、批評家として名声を得た。もっとも著名なのは伝記文学です。『マリー・アントワネット』は、池田理代子の漫画『ベルサイユのばら』のネタ本としても有名ですね。

第一次世界大戦の頃から反戦平和を訴え、ヨーロッパ統一を夢見たヒューマニストでした。時代は彼の理想と逆行、ヒトラーのドイツが台頭してオーストリアを併合、ユダヤ系の彼の本はナチスによって焼かれる。ツヴァイクは祖国を追われます。イギリス、アメリカ、果ては地球の反対側の南米へと。第二次世界大戦中の一九四二年、ブラジルで自殺。享年、六十。まさに時代に翻弄された波乱の生涯でした。

遠い南米の地で自死する寸前にツヴァイクが書いた遺作、それがモンテーニュの評伝です（『ツヴァイク全集8　三人の巨匠』に収録）。単なる伝記じゃない。

あまり若すぎて、人生の経験もあさく、絶望を味わったこともないようでは、モンテーニュを正しく評価することはできない。自由で惑いのない彼の思想が最も役に立つ世代は、たとえばわれわれのように、運命によってうずまく世界の激動のなかに投げ出された世代なのである。

（略）

モンテーニュの叡智と偉大さは、経験をつみ試煉を受けた人間となってはじめて評価できるものである。そのことを私は身をもって知ったのだった。

国を追われ、ぎりぎりまで追いつめられ、絶望のさなかにあってツヴァイクが見出したのが、モンテーニュだったのです。


われわれが他の誰よりも彼を尊敬し、愛するとすれば、それは彼が他の誰よりも、「自己でありつづける」という、生の最高の術に献身したからなのである。


「内面の独立を自分自身のなかに守りぬくこと」——そう、それこそはモンテーニュがあの狭い塔の中に閉じこもって〝孤独の力〟によってつちかったものだったのでしょう。

ツヴァイクはモンテーニュの評伝の前に、亡命先の狭いホテルの一室で回想録を書きました。資料も何もないその部屋で執筆するには、記憶や回想しか頼るものがない。しかし、自ら残ろうとする回想だけが、語られる権利を持つのだと言います。

それでは語れ、選べ、お前たち回想よ、私にかわって。そして少なくとも私の人生が暗黒のうちに沈む前に、私の人生の映像を見せてくれ！

『昨日の世界』と名づけられた回想録の最後で「私が家路を辿り始めたとき、私は急に私の眼前に自分自身の影を認めた」と彼は書きます。

ちょうどこの前の戦争の影を今度の戦争の背後に見たように、この影はこれらのすべての時を通じて、けっして私から消え去ることはなかった。（略）しかしあらゆる影は、窮極において光の子であり、明るいものと暗いもの、戦争と平和、上昇と没落、その双方を経験した者だけが、ただそのような人間だけが、真に生きたと言えるのである。

ツヴァイクの最後の言葉を、私はこんなふうに受け止めました。楽しさやうれしさだけじゃない。さみしさをも真に経験した人間のみが、本当に生きたと言えるのだ、と。

そういえば、深沢七郎が「おいらは淋しいんだ日記」という一文を書いていました。

おいらが気持がいいことは、ちょっと、まあ、淋しいような時だ。淋しい時はオカシクなくていいねえ、銀座の千疋屋のパッション・シャーベットのような味がするんだ。淋しいって痛快なんだ。

さみしさがシャーベットの味、痛快だ、なんて！　さすが『楢山節考』の作家だと言うべきでしょうね。さみしさをポジティブに捉えるこんな哲学を〝サミシズム〟、その実践者を〝サミシスト〟と名づけたいと思いました。

終章　自分が死ぬということ

あの瞬間、思い浮かべた顔

その日、私は地下鉄に乗っていました。映画の試写会のため六本木へと向かう途中、日比谷線の車両が大きく揺れて、神谷町の駅にすべり込んだんです。地震発生のアナウンス――。しばらくしたら動くだろうとタカを括っていたら、ぐらぐらぐらっと揺れがきた。慌てて電車を飛び降りました。

異様な胸騒ぎを覚えた。その時、私の脳裏にある人の顔が浮かびました。携帯電話をプッシュしたけど、つながりません。何度かけてもダメ。神谷町の駅を降りて、地上へ出ると、建物から出てきた大勢の人々で騒然としています。

携帯電話のカメラを空に向けている人たち。見上げると、東京タワーが。

東京タワーの先端が曲がっていました⁉

これは大変だ。

二〇一一年三月十一日、午後三時前のことでした。

たまたま目の前に止まったタクシーをつかまえて、四谷のマンションへ帰ると、本棚が倒れて本や書類が床に散乱しています。夜になって、やっと電話がつながった。

「大丈夫か、生きとるかい？　ああ、よかった。心配したんやで……」

田舎の母の声でした。

今でも、その声が耳に残っています。

東日本大震災が起こった時、あなたは最初に誰の顔を思い浮かべましたか？

即座に私は母親の顔を思い浮かべました。慌てて電話したけど、つながらない。その時のたまらない不安な気持ちといったら、どうでしょう。

正直、自分でも意外でした。母親とは疎遠にしています。田舎にはほとんど帰らないし、母とはもう何年も顔を合わせていません。

実家の酒屋は不景気でつぶれてしまって、兄は街を出ました。母は一人暮らしです。

同じ街に住む姉夫婦が面倒を見てくれている。

数年前、久しぶりに里帰りしたんです。故郷の街はひどく寂れてしまっていた。老いた母の顔を見るのも、哀しかった。三十年も前、夫を亡くして、この小さな街で母はたった一人で暮らしている。そう思うと、やりきれなかった。

私の母は典型的な田舎のおばちゃんです。明るくて、にぎやかで、うるさい。関西なまりでしゃべり出すと、止まらない。陽気でおしゃべりな私の性格は、完全に母親からの遺伝でしょう。

時折、母から電話がかかってくる。ずーっと一人でしゃべりまくっています。こちらが話す隙も与えない。いささか、うんざりです。いけないなと思いつつも、冷たくあしらってしまう。自分でも、どうしようもない。電話を切ると、いつもため息をつきます。

近頃では、母の電話がめっきり愚痴っぽくなりました。不平や、不満や、理不尽な怒りや、ひどい愚痴をいつまでもしゃべりまくっている。感情が激して、意味不明な言葉が延々と続く。ぼけているんだろうか？　と心配になりました。

そうして、最後は泣き出す。電話の向こうから老いた母のすすり泣きが聞こえ、やがて泣きじゃくる涙声に変わる。たまらない気持ちになりました。私はこんな母親のために何もすることができない。親不孝な息子です。自分の無力さと、やましい想いで、嫌になる。

東日本大震災から数ヶ月が過ぎた、ある夜、また母から電話があった。私はじっと母の愚痴を、延々と続く意味不明のおしゃべりを、聞いていました。やはり最後は泣き出す。泣きじゃくる。そうして涙声で——さみしい、さみしい、と私に訴えます。

呆然としてしまいました。

電話を切って、しばらく虚空をみつめていた。もう夜も遅い時間です。それから私は携帯電話を取り出すと、ツイッターでメッセージを発信しました。

〈人間の持っているもので、もっとも強い力とは何だろう？ さみしさの力じゃないか〉

〈人はなぜさみしいのか？ そりゃ生まれてきたからでしょう。生きるとは、さみしさを肯定することですね。さみしい人ほど、より生きている気がする〉

さみしさをめぐる連続ツイート。何件かのリプライがあり、その一つが目に止まります。

〈さみしさについて、原稿を書いてくれませんか？〉

発信者は、石井昂さん。新潮社の常務取締役です。お会いしたことはありませんが、その辣腕編集者ぶりは存じ上げています。ちょっと目を疑いました。

お会いして、お話しすると、さみしさについての本を書いてほしい、と石井さんは言いました。私のツイートを読んで、直観が働いたというのです。

思わぬ依頼でした。

きっかけは母の電話の言葉です。私は母親のことを思いました。実家に帰省した時、母は、私の本や、雑誌や新聞に載った記事を、熱心に読んでいるのだと言っていた。尋常小学校出の無学な母です。アイドルやサブカルチャーについて書いた私の文章などさっぱり理解できないのではないか？　それでも我が子の書いたものを懸命に読もうとしている老いた母の姿が思い浮かびました。

さみしさについての本を書こう。

そう思いました。

誰かのために本を書くなんて、初めての経験です。しかし、私には大きな動機があった。

母の「さみしさ」を肯定するために書くのだ。

そう、それが今、あなたが読んでいるこの本です。

母の手を握る

一年がたちました。本はまだ完成していない。書いては直し、書いては直し、の繰り返し。母が読める文章でなければならない。そう思うと、ハードルが高い。まったく執筆が進みません。三十年以上、物書きを続けてきましたが、こんなに苦しんだことはない。自分が裸になった、無力な子供のような気がしました。

夏に姉から電話がありました。母が体調を崩して、寝込んでいるという。めったに大きな病気をしたことのない元気な母です。大丈夫だろうと思いました。

数日後、また姉から電話があった。母が入院した。重度の肺炎だそうです。すぐにでも手術するべきだけど、胃に穴が開いていて、輸血することもかなわず、手術はできないと。老齢なだけに、相当に危うい状態だという。まだ意識はあり、うわごとのように私の名前を呼んでいると言います。

ガツンと頭を殴られたようでした。

そんな、まさか、母ちゃんが……。

足許がすぅーっと崩れてゆくようです。

その夜、私は眠れなかった。翌朝、東京駅へ駆けつけると新幹線に飛び乗り、名古屋から近鉄線で宇治山田へ。タクシーで病院に向かいます。伊勢神宮へと連なる街道の両脇の石灯籠が次々と後ろへ飛び過ぎる。動悸が高鳴って、胸が苦しい。胃がどよーんと重い。嫌な胸騒ぎが収まりません。

母の顔が浮かびました。笑っている母、泣いている母、はにかんでいる母、悲しそうな母……次々と。たった一人であの小さな街で老いていく母の後ろ姿。人一倍、働き者の母。酒屋の仕事で、自ら軽トラックを運転して、配達していた。暑い夏の日、女だてらにビールのケースを両手で持って、何度もトラックの荷台に運ぶ汗だくの母。幼い私は、友達にそんな母の姿を見られるのが恥ずかしかった。なんということでしょう。汗だくになって働いて、私を育ててくれた母。この世にたった一人しかいない母ちゃん――。目の前がぼやけていました。胸がしめつけられるようです。

伊勢市民病院に到着したのは、お昼過ぎでした。病院の建物へ入ると、エレベーターに乗って階上へ。姉に聞いた部屋番号を探します。なかなか見つからなくて、うろうろする。ようやく見つけました。ノックしたけど、返事がない。病室の扉をそっと開けると、白いベッドに寝ています。歩み寄って、覗き込むと、母でした。眠っているようです。

腕に点滴の針を刺し、鼻の穴には酸素吸入の管を通しています。白髪頭で、懐かしい顔がめっきり老いてむくんでいる。変わり果てたその姿に愕然としました。

「お母ちゃん」

と声をかけると、うっすらと目を開きます。

「……誰や？」

私の名前を告げると、ぽかんとしていました。しばらくして、「まあ」とくすんだ声を上げる。やっと気がついたようです。

私は腰掛けると、寄り添い、母の手を握りました。腕は悲しくなるほど細く、皮膚はたるみ、手に染みがある。手首に巻かれた白いテープには母の名前と「昭和5・3・13」の数字が。しわだらけの顔が、くぐもった声で何か呟いていましたが、やがてそれが言葉になる。瞳は光を帯びて、いきいきと輝いてくる。少女のように。あのおしゃべりな母が戻ってきました。私は少しホッとして、苦笑します。

ああ、鼻の穴に酸素吸入の管を通して、それでもしゃべっている……。

母の声が止むと、私はバッグから紙の束を取り出しました。手書きの原稿です。この本の最初の数章――。

「母ちゃんのために書いたんや」

それを見せると、母の耳許で、原稿を読み上げます。私の生い立ちの章、生まれた時のこと、幼少期の頃のこと……じっと耳を傾ける母は、時折、うんうん、とか、そうや、そのとおりや、とか呟いてうなずきます。その瞳がみるみる潤んでくる。母の姿がぼやけて見えます。

父の話になり、故郷の街の人々の話になると「……死んだ……みんな死んでしもた……」と力なくささやき、それから「……さみしい……さみしい」ともらしました。

「母ちゃん、さみしいから、ええんよ。さみしいから、会いに来たんやから。さみしい。僕もさみしい。また、会いに来るから」

母はうっすらと微笑みました。

「この本が完成するまで、死んだらあかんで。母ちゃんのために書いてる本なんやから……」

しわだらけの母の口が、ありがとう、という形になって、まぶたを閉じると、握り締めた手がすぅーっと力を失います。もう寝息をたてていました。子供のような寝顔でした。

ありがとう、と私も呟くと、そっと病室を出ます。

翌々日の朝、母は息を引き取りました。八十二歳でした。

母ちゃん、ごめんな。間に合わんかった、この本。ごめん。ほんまに最後まで親不孝な息子で……。

未完成の私の生原稿は、棺に入れられ、母と一緒に焼いてもらいました。

人はなぜさみしいのか？　それは死ぬからでしょう。五十歳を過ぎて、やっとわかった。私の母は死にました。やがて、私も必ず死ぬ。そうして、あなたも死ぬでしょう。この世に死なない人間はいない。

人生はほんの一時です。

人はさみしさから生まれ、さみしさの彼方へと消える。

しかし、そのさみしさの彼方に、私の母はいます。

死が以前よりずっと近しいものに感じる。

今、私はさみしさと一緒に、私の母を抱き締めたいと思います。

さみしさの彼方に

自分が死ぬということ。

初めて私がそれを実感したのは、七歳の時。自家中毒症にかかって、死にかけた時でした。月に一度、治療のため津市にある三重大学病院へと母に連れられ、通いました。

ブドウ糖を投与するため、太い注射を腕に刺されます。いつも泣きそうになる私の手を、母はぎゅっと握っていてくれました。

治療を終えて、近鉄線に乗り鶇方の駅まで行って、そこから私の住む街までバスで三十分ほどです。鶇方のオモチャ屋さんで、母は口から火花の出るゴジラのオモチャを買ってくれました。私はうれしくてたまらず、ずっと笑顔です。母と一緒に食堂へ入って、天ぷらそばを食べました。

あとはもう帰るだけです。

田舎道にぽつんとあるバス停に、母と私は二人きりで立っていました。目の前は何もない荒地で、その向こうに草むらがあるだけ。私はじっと目の前の景色を見つめていました。

その時でした。

突然、身がふるえます。たまらない恐怖感に襲われました。

自分は死ぬのだ。いつか必ず死ぬ。この世界から永遠に消えてしまうんだ。

そう思うと、泣きそうでした。

さみしい。

さみしい、さみしくて、たまらない。

七歳の私は、猛烈なさみしさに襲われていました。

寒い。冷たい。ぽつ、ぽつ、と水滴が頭にあたります。

雨が降り始めました。傘はありません。すぐにびしょ濡れです。

私はふるえながら、立ちつくしていました。

ふいに何かを感じます。

あったかい。

さみしさの向こうに、ぽっと光が射して、あたたかいものが私を包んでいました。

ぽかぽかとして、たちまち幸福な気持ちになりました。背後に立った母が、私の体をぎゅっと抱き締めてくれていたのです。自分は雨でびしょ濡れになりながら、じっと幼い私を守ってくれました。

さみしい。さみしくて、たまらない。

死ぬほどのさみしさに襲われたとき、ぽっと光が射して、その彼方から、あたたかいものが自分を包んでくれる。
そのあたたかさがあったからこそ、今まで私は生きてこられたのだ。
ありがとう、お母さん。

本書を、我が母・寿美子に捧げます。

中森明夫　作家／アイドル評論家。
著書に『アイドルにっぽん』『午前32時の能年玲奈』、共著に『ＡＫＢ48白熱論争』等がある。小説『アナーキー・イン・ザ・ＪＰ』が三島由紀夫賞候補となる。

Ⓢ新潮新書
611

寂《さみ》しさの力《ちから》

著　者　中森明夫《なかもりあきお》

2015年３月20日　発行

発行者　佐　藤　隆　信
発行所　株式会社新潮社
〒162-8711　東京都新宿区矢来町71番地
編集部(03)3266-5430　読者係(03)3266-5111
http://www.shinchosha.co.jp

印刷所　二光印刷株式会社
製本所　株式会社植木製本所

ISBN978-4-10-610611-8 C0210